KB032963

WISHBOOKS MODERN FANTASY STORY

예성 장편소설

 1

예성 장편소설

초판 1쇄 찍은 날 | 2017년 11월 30일
초판 1쇄 펴낸 날 | 2017년 12월 7일

지은이 | 예성
펴낸이 | 예경원

기획 | 위시북스
편집책임 | 이규재
편집 | 이즈플러스

펴낸곳 | 예원북스
등록번호 | 제396-2012-000132호
등록일자 | 2012. 7. 25
KFN | 제1-186호

주소 | 경기도 고양시 일산동구 호수로 646-24 위너스21 II 빌딩 206A호 (우)10401
전화 | 031-819-9431 팩스 | 031-817-9432
E-mail | yewonbooks@naver.com

ISBN 979-11-6098-695-2 04810
     979-11-6098-694-5 (set)

SUPER 슈퍼에이스 **A**CE 1

WISHBOOKS MODERN FANTASY STORY

예성 장편소설

CONTENTS

1장
기적과의 조우

　우리 집은 아버지가 없었다. 어린 시절 사고로 돌아가셨다는 이야기를 들었다. 어머니는 악착같이 우리 남매를 돌보셨다. 하지만 노력만큼 집안 사정은 좋아지지 않았다.

　고졸이란 학력. 결혼 전에 잠깐 했었던 경리 생활. 이후 연달아 우리 남매를 낳은 어머니. 그러다 보니 하실 수 있는 일이 극히 제한적이었다. 전문직은 고사하고 공장에 들어가는 것도 어려우셨다.

　집안 사정이 이렇다 보니 나와 누나는 서로에게 많이 의지했다. 누나는 내게 또 한 명의 엄마였다.

　가난하지만 행복하다는 말이 있다.

　누군가에는 뜬구름 같은 이야기지만 나에게는 현실이었다. 나는 행복했다. 그랬기에 한 가지 꿈을 가질 수 있었다.

[엄마와 누나, 그리고 내가 화목하게 살 수 있는 집을 가지고 싶다.]

그런 마음이 들기 시작한 건 초등학생 때부터였다. 하지만 무엇을 해야 될지는 몰랐다. 돈이 있어야 된다는 건 알았다. 그러나 얼마만큼의 돈이 있어야 집을 살 수 있는지 몰랐다.

그러던 어느 날.

"우리 집 아파트 3억이다!"

"헹! 우리 집은 4억인데."

무슨 일로 경쟁이 붙었는지 모른다. 갑자기 아이들이 아파트 가격을 말하기 시작했다. 문제는 억이라는 돈이 얼마나 많은 건지 몰랐다.

집에 와서 누나에게 물어봤다.

"누나! 3억이면 얼마나 많은 거야?"

고작 두 살이 더 많은 누나였다. 하지만 철이 일찍 들었고 머리도 좋았던 누나는 차분히 나에게 설명해 주었다.

"영웅이 일주일 용돈이 천 원이지?"

"응!"

"그걸 30만 번 받아야 돼."

"30만 번······."

그 소리를 듣고 생애 첫 절망을 느꼈다. 하지만 포기하고 싶지는 않았다. 엄마와 누나가 집에서 행복하게 사는 모습을 보고 싶었다. 주인 할머니에게 혼나는 엄마나 친구들에게 놀림 받는 누나의 모습을 보고 싶지 않았다. 그러나 방법을 몰랐다. 어떻게 돈을 모아야 될지 말이다.

그때 한 아이가 말하는 걸 듣게 됐다.

"우리 삼촌이 이번에 프로야구단이랑 계약했는데 연봉을 3억이나 받는대!"

"3억?!"

"와~ 진수네 집 살 수 있겠다."

"뭐?!"

진수가 성훈이의 얼굴을 때리며 싸움이 났다. 하지만 내 관심은 온통 다른 곳에 가 있었다.

'야구를 하면 돈을 많이 벌 수 있구나!'

그날 난 한 가지 꿈을 가졌다.

야구 선수가 되겠어.

수영 초등학교에는 야구부가 있다. 프로야구 출신의 감독이 있다 보니 수준이 높았다. 지역에서도 가장 유명한 초등 야구부였다. 졸업생 중에는 프로 선수가 된 이도 많았다.

자연스레 많은 아이가 수영 초등학교에 몰렸다. 비싼 회비에도 불구하고 언제나 야구부는 만원을 유지했다. 당연히 감독인 김기훈의 위상은 높아져만 갔다.

'흠, 내년 연봉을 더 올려달라고 해야겠어. 이대로면 수지가 안 맞아.'

김기훈은 프로 선수 출신이다. 1군에서 뛴 경험도 있다.

하지만 스타급 플레이어는 아니다. 1군에서 뛴 것도 다 합쳐야 100경기가 되지 않는다. 그럼에도 불구하고 높은 연봉을 받았다.

선수로서의 실력은 별로였지만 가르치는 능력은 꽤 괜찮았기 때문이다. 특히 재능을 알아보는 눈이 뛰어났다. 덕분에 그가 초등학교, 리틀 야구부를 맡은 10년 동안 배출한 프로 선수만 5명이 됐다. 그들이 프로에 가서 어떤 활약을 했는지는 의미가 없었다. 프로에 갔다는 사실 그것 하나만으로도 김기훈의 연봉은 하늘 높이 치솟았다.

"응?"

그때 운동장 한곳에서 소란이 일어났다. 코치인 이명환이 한 아이를 두고 설교를 하고 있었다.

"이 코치!"

이명환이 달려왔다. 그 뒤를 아이가 따라왔다.

체구가 작다.

1학년? 2학년?

어쨌든 저학년으로 보였다.

"예, 감독님."

"무슨 일인가?"

"별일 아닙……."

"야구가 하고 싶어요!"

아이가 소리쳤다. 비리비리한 목소리다. 그럼에도 불구하고 고집이 느껴졌다.

"이 녀석이!"

딱—!

이명환이 꿀밤을 때렸다. 운동을 했던 이명환이다. 아플 수밖에 없다.

아이는 머리를 양손으로 싸매고는 눈물을 찔끔 보였다. 그럼에도 불구하고 기가 죽지 않았다.

"꼭 야구를 해야 돼요!"

"아니, 그런데 이놈이!"

"아아, 이 코치."

김기훈이 손을 들어 한쪽으로 비키라는 제스처를 보냈다. 이명환은 불만스러운 표정으로 비켜섰다. 아이의 전체적인 모습이 눈에 들어왔다.

볼품없다.

한마디로 모든 게 표현이 됐다. 옷은 해져 있고 운동화는 낡아빠졌다. 돈 없는 아이들의 정형이다. 내쫓으려 했던 이명환의 판단이 정확했다.

"너 돈 있어?"

"돈…… 이요?"

어깨를 움츠려 작은 체구가 더욱 작아진다.

"한 달에 내야 될 돈이 50만 원이야. 낼 수 있어?"

"50……!"

커다란 눈동자가 한 치는 더 커졌다. 큰 눈망울에서는 닭똥 같은 눈물이 금방이라도 떨어질 것 같았다.

"게다가 장비도 사야 돼. 싼 거 산다고 해도 몇만 원이야. 그럼 돈 있어?"

"……."

더 이상 아무 말도 못 한다. 지도자 생활만 십 년이다. 무턱대고 찾아와서 야구 하고 싶다고 말하는 아이가 한둘이 아니었다. 처음에는 불쌍해서 좋게 이야기했다. 문제는 그 뒤에도 계속 찾아온다는 점이었다. 그런 일을 겪은 뒤에는 단호하게 이야기했다.

아이들은 꿈을 꿔야 될 시기다. 하지만 야구는 현실이다. 많은 돈이 든다. 그나마 초등학교 때는 필요한 금액이 적은 편이다. 하지만 중학교, 고등학교에 올라가면 몇 배의 돈이 필요하다.

그런 아이들의 학창 시절을 뺏는 게 오히려 더 잔인한 일이었다. 대부분의 아이가 여기까지 말하면 알아서 떨어져 나간다. 돈이란 게 무섭다는 걸 알기 때문이다. 이 아이도 그럴 거라 생각했다.

"돈…… 없으면 야구 못 해요?"

"못 해."

"저…… 저 야구 꼭 해야 돼요!"

"안 돼."

"제발요! 꼭 시켜주세요!"

끈질기다. 이런 아이들은 단호하게 끊어야 했다.

"이 코치."

"네."

말을 하지 않아도 그의 뜻을 이해한 이명환이 아이의 뒷덜미를 잡았다. 그리고 번쩍 들었다.

"놔요! 저 야구 해야 돼요! 꼭 프로가 될 거예요!"

내쫓기면서도 계속 소리쳤다. 멀어지는 목소리를 들으며 김기훈이 고개를 저었다. 근래 들어 처음 본 독종이었다. 하지만 이건 시작에 불과했다.

다음 날.

"야구 시켜주세요!"

그다음 날.

"제발요! 프로 선수가 되고 싶어요!"

또 그다음 날.

"시키는 건 뭐든지 할게요! 제발 시켜주세요!"

이제 짜증이 났다. 그래서 김기훈은 한 가지 꾀를 냈다.

"시키는 건 다 한다고?"

"네!"

아이가 눈을 빛냈다. 미안하긴 했지만 귀찮은 것도 질색이다.

"저기 그물망 뒤에 개천 보이지?"

김기훈이 손가락으로 야구장 외야 쪽에 설치된 그물망을 가리켰다. 공이 밖으로 나가지 못하게 하기 위해 설치한 것이다. 그 뒤에는 개천이 있었다.

"네!"

"거기에 가서 야구공 100개만 주워 와."

"100개요?"

"왜? 못 하겠어?"

"100개 주워 오면 야구 할 수 있는 거예요?!"

"그래."

"그럼 주워 올게요!"

아이가 달려간다.

김기훈은 그런 아이를 보며 약간의 미안함을 가졌다. 저 개천에는 100개의 야구공이 없었다.

이곳은 초등학교다. 아무리 파워가 좋은 아이더라도 그물망을 넘기는 홈런을 치는 건 어려웠다. 수영 초등학교 감독을 맡으면서 그런 케이스를 본 건 고작해야 1번이 전부였다.

'미안하지만 포기하게 만들어야 돼.'

괜한 기대를 주는 게 오히려 더 잔인했다.

그게 김기훈의 생각이었다.

한 달이 지났다.

영웅은 방과 후, 매일같이 개천을 찾았다. 하지만 찾은 공은 고작해야 10개였다. 하나같이 물에 불어 낡아 빠진 공이었다. 그렇게 찾은 공을 집에 가서 매일 닦아주었다. 깨끗하게 만들어서 가져가면 칭찬받을 거라 생각한 것이다.

일주일이 더 지났다.

그동안 한 개의 공도 찾지 못했다. 수확이 없으니 점점 힘들어졌다. 포기하고 싶었다. 그래도 야구가 하고 싶었다. 정확히 말하면 야구를 해서 돈을 벌고 싶었다.

이를 악물고 공을 찾았다.

"하아…… 오늘도 못 찾았네."

어느덧 해가 지고 있었다.

붉은 물감을 풀어놓은 것 같은 하늘의 모습에 어린아이답지 않은 한숨이 나왔다.

"90개를 어떻게 찾지……."

까마득했다. 처음 야구공을 찾았을 때는 금방 찾을 거라 생각했다. 그런데 아니었다.

"휴우……."

한숨을 내쉰 영웅이 일어났다.

"에취!"

소매로 코를 닦은 영웅은 으슬으슬한 기분에 걸음을 옮겼다.

"아우, 추워……."

저녁이 되면 쌀쌀한 바람이 불었다. 영웅은 어서 집에 가서 이불 속에 들어가야겠다 생각하며 걸음을 옮겼다.

그때였다.

"응? 저게 뭐지?"

개천 다리 밑에서 무언가 빛났다. 영웅은 다시 가방을 내려놓고 빛이 난 곳을 향해 달려갔다.

"어?"

거기에는 황금색 공이 놓여 있었다. 무척이나 반짝반짝거렸다.

"와…… 이게 뭐야?"

모양은 꼭 야구공처럼 생겼다.

"이거 황금 아니야?"

TV에서 간혹 황금에 대해서 이야기가 나왔다. 그랬기에 비싸다는 걸 알고 있었다.

이리저리 야구공을 살펴보던 영웅은 다시 가방이 있는 곳에 왔다. 그리고 황금 야구공을 가방에 넣었다.

"경찰 아저씨한테 가지고 가야겠다!"

비싼 물건은 경찰에게. 학교에서 가르쳐 준 것을 잘 따르는 착한 아이였다.

"에취!"

가방을 등에 멘 영웅은 연신 재채기를 하며 인근의 지구대로 향했다.

딸랑-!

"경찰 아저씨!"

"응? 무슨 일이니?"

순경의 물음에 영웅은 가방을 돌려 열었다.

"제가 저기 개천에서…… 어?"

"왜? 뭐 주웠어?"

"어…… 분명 주웠는데……."

가방 안에는 교과서밖에 없었다. 이상한 일이었다.

"분명 가방에 넣었는데……."

"뭘 주웠는데?"

"야구공이요. 황금처럼 빛나는 야구공이었는데……."

순경이 피식 웃었다.

황금으로 된 야구공을 주웠다니? 믿기 힘든 일이었다. 게다가 황금 야구공이 없으니 더욱 믿을 수 없었다.

"자, 여기 사탕 가지고 가렴. 다음에 진짜 주우면 그때 가지고 와. 알았지?"

초등학교 앞 지구대다. 간혹 아이들이 물건을 주워 오면 기특하다면서 사탕이나 초콜릿을 준다. 그걸 알고 있는 몇몇 아이가 군것질거리를 얻으러 오기도 했다. 순경은 영웅도 그런 아이들 중 하나라 생각했다.

"정말 있었는데…….."

"자자, 이제 그만 가렴. 아저씨 바쁘단다."

영웅은 시무룩해진 얼굴로 지구대를 나왔다. 다시 가방 안을 확인했지만 역시나 없었다.

"에취!"

또 재채기가 나왔다. 머리도 살짝 멍한 것 같았다. 손으로 이마를 만지려고 했을 때, 딱딱한 무언가가 느껴졌다.

사탕이다.

부스럭-!

봉지를 까서 입에 가져갔다.

"맛있다. 헤헤!"

달콤한 맛에 아픔마저 잊혀져 갔다. 영웅은 순경 아저씨가 준 또 하나의 사탕을 주머니에 넣으며 집으로 향했다.

'빨리 가서 누나 줘야지!'

발걸음이 그 어느 때보다 가벼웠다.

그날 밤.

영웅은 이불에 누워 있었다. 잠들기에는 이른 저녁이다. 그럼에도 누워 있는 건 감기에 걸렸기 때문이다. 최근 일교차가 컸다. 그런 시기에 개천에 들어갔으니 감기에 걸릴 만도 했다.

저녁은 죽을 먹었다. 그리고 감기약도 먹었다. 달달한 맛이 나서 좋았다.

"영웅아, 춥지 않아?"

누나가 이마에 얹었던 수건을 갈아주며 물었다.

"응! 따뜻해! 누나도 들어와!"

"싫어. 덥단 말이야. 그리고 이제 개천에 그만 들어가."

영웅이 개천에서 야구공을 찾는 걸 학교에서 모르는 사람이 없었다. 하루 이틀도 아니고 한 달이나 됐으니 모를 수가 없었다.

누나는 그게 창피했다. 사랑하는 동생이지만 친구들이 놀리듯이 말하는 걸 참을 수 없었다. 그래서 몇 번 싸우기도 했다. 덕분에 친구가 많이 줄었다.

하지만 영웅은 고집스러웠다.

"안 해! 나 야구 할 거란 말이야!"

몇 번이나 더 영웅이를 설득했다. 그러나 고집을 꺾을 수 없었다. 철이 일찍 들었다고 해도 고작 13살이다. 게다가 슬슬 사춘기까지 오려는 시점이었다.

결국 누나도 폭발하고 말았다.

"몰라! 바보야! 네 마음대로 해!"

문을 쾅 닫고 나가는 누나의 모습에 영웅이 서러워 눈물을 흘렸다. 아픈 건 둘째 치고 자신의 마음을 몰라주는 누나가 서운했다.

'바보…… 바보!'

이불을 머리끝까지 덮고는 펑펑 울었다.

어느새 영웅은 잠에 들었다. 그래서 눈치채지 못했다. 오른손에서 뿜어져 나오는 황금빛을 말이다.

영웅은 야구장에 서 있었다.

눈앞에는 텅 빈 그라운드가 보였다. 그 넓은 곳에 한 명의 남자가 마운드 위에 있었다.

촤악-!

남자가 발을 차올렸다. 가슴 높이까지 무릎이 올라왔다. 상체를 웅크린 상태에서 차올렸던 발을 앞으로 내디뎠다. 있는 힘껏, 최대한 뻗은 발이 마운드에 닿는 순간, 허리가 회전했다. 뒤이어 상체가 돌아갔다. 마지막으로 팔이 채찍처럼 허공을 가로질렀다.

촤악-!

손가락이 야구공의 실밥을 챘다.

쐐애애액-!

공이 맹렬하게 회전을 하며 날아갔다. 엄청난 속도였다. 눈을 깜박이자 공은 홈플레이트를 지났다.

촤아악-!

공이 그물망에 맞고 떨어졌다.

"와……."

영웅이 감탄을 터뜨렸다. 야구가 뭔지 잘 모른다. 하지만 운동장에서 야구를 하는 아이를 많이 봤다. 누구도 방금 전 같은 공을 던지지 못했다.

"어?"

그때 남자가 다가왔다. 내야를 가로질러 곧 파울 지역까지 나왔다. 그리고 1루 쪽 관중석에 있던 영웅의 앞에 섰다.

'크다…….'

많은 어른을 봐왔다. 그들을 보고 있으면 크다는 게 느껴졌다. 남자는 그 수준을 넘어섰다. 보통 어른들보다도 더 컸다. 마치 산처럼 느껴졌다. 덩치 역시 보통의 어른보다 월등히 컸다. 무엇보다 외국인이었다.

금발의 머리와 콧수염, 그리고 푸른색 눈동자를 가진 남자가 입을 열었다.

"야구 좋아하니?"

"네?"

바로 대답하지 못했다. 야구를 좋아하느냐면 딱히 그건 아니었다.

"아니요."

남자의 눈에 이채가 어렸다.

"그런데 왜 야구부에 들어가고 싶니?"

어떻게 알았지?

그러나 지금은 질문보다도 대답을 먼저 해야 될 것 같았다.

"친구 삼촌이 계약금으로 3억을 받았다고 했어요. 그 돈이면 엄마랑 누나와 함께 지낼 아파트를 살 수 있을 것 같아서요."

영웅의 얼굴이 붉어졌다. 돈을 위해서 무언가를 한다는 게 부끄럽게 느껴졌다. 하지만 거짓말을 하는 것보다는 낫다고 판단했다. 그래서 진실을 이야기했다.

"지금은 그것도 괜찮겠지."

"네?"

"아저씨한테 야구를 배워보겠니?"

영웅의 눈에 빛이 났다.

"네!"

힘차게 대답했다. 고민은 없었다. 그토록 원하던 야구를 배울 수 있다. 그 사실 하나만으로도 충분했다.

남자가 손을 내밀었다. 영웅은 그 손을 잡고 관중석의 담을 넘었다.

탁-!

그라운드에 첫발을 내디뎠다.

"내 이름은 잭이다."

"전 강영웅이에요!"

"잘 부탁한다."

"잘 부탁드리겠습니다!"

두 사람의 첫 만남이었다.

영웅은 아침 일찍 일어났다.

"어머, 벌써 일어났니?"

주방에서 아침을 준비하던 엄마가 물었다.

"응! 오늘부터 운동할 거예요!"

"운동?"

"동네 한 바퀴 달리고 올게요!"

"조깅이라도 하려고?"

"응!"

어느새 옷을 갈아입은 영웅이 집을 나섰다.

"다녀오겠습니다!"

힘차게 말한 영웅이 문을 닫고 나갔다. 태어난 뒤로 줄곧 이 동네에서 살아온 영웅이다. 그렇기에 걱정은 하지 않았다.

"갑자기 무슨 바람이지?"

다만 갑작스러운 아들의 운동에 의아한 엄마 한혜선이 었다.

집을 나선 영웅은 아침 바람을 맞으며 달렸다. 여름이긴 했지만 이른 아침이라 그런지 쌀쌀했다. 하지만 달리기 시작하니 곧 체온이 올라 추위가 싹 사라졌다.

'아저씨가 호흡에 유의하면서 달리라고 했지.'

영웅이 아침 러닝을 시작하게 된 이유는 바로 잭 때문이었다.

"야구를 하기 위해서는 일단 러닝부터 해야 된다."

"러닝이요?"

"달리기를 말한다."

"야구를 하는데 왜 달리기를 해야 돼요?"

"달리기는 모든 운동의 기본이니까."

영웅은 이해하지 못했다. 더 자세히 설명하려던 잭은 영웅의 나이를 떠올렸다. 이제 초등학교 3학년이다. 달리기의 효율에 대해 설명해도 알아듣기에는 어렸다.

"달리기를 하지 않으면 나한테 야구를 배울 수 없단다."

"할게요!"

눈을 떴을 때는 다시 집이었다. 평소에는 절대 일어나지 못할 시간이었다. 더 자고 싶은 욕구도 있었다. 하지만 주방에서 아침을 만들고 있는 엄마를 보자 그런 마음이 싹 사라졌다.

'야구를 배우면 우리 가족이 같이 살 아파트를 살 수 있어!'

목표가 있기에 영웅은 움직였다.

금방 숨이 목까지 차올랐다. 친구들과 뛰어놀 때는 힘든 것도 몰랐다. 그러나 달리기를 목적으로 러닝을 하니 금방 힘들어졌다.

영웅은 이를 악물었다.

야구를 하겠어.

한 가지 목표를 잡은 영웅의 독기는 마마치 않았다. 그러면서도 잭이 알려준 호흡법을 유지했다. 길게 들이마셨다가 짧게 숨을 뱉었다.

그렇게 삼십 분의 훈련이 끝났다. 땀이 흐른 탓에 목욕을 끝내고 아침을 먹었다.

"무슨 운동을 그렇게 열심히 했어?"

"헤헤!"

엄마의 물음에 영웅은 웃음으로 대답했다. 대신 누나인 강수정이 입을 열었다.

"엄마! 영웅이 어제 감기 걸렸었어!"

"감기?"

"응! 막 이마가 뜨거웠어!"

한혜선이 놀라 영웅의 이마를 만졌다. 체온이 조금 높긴 했지만 열은 없었다.

"나 이제 괜찮아!"

영웅도 괜찮다고 대답했다.

"아니야! 영웅이 또 개천에 들어갔었어!"

"나 이제 개천에 안 들어갈 거야."

수정이 놀란 눈으로 영웅을 바라봤다.

"정말?"

"응! 정말!"

"약속해!"

수정이 손가락을 내밀었다.

영웅은 거기에 자신의 손가락을 걸었다.

"약속!"

두 남매의 유치한 모습에 한혜선이 피식 웃었다. 비록 없는 살림이었지만 자식들이 사이좋게 커줘서 고마울 따름이었다.

"그래도 혹시 모르니 영웅이는 학교 가기 전에 엄마랑 병원 가자."

"벼…… 병원?"

순식간에 얼굴이 사색으로 물드는 영웅이었다.

한 달이 지났다.

그 뒤로 영웅은 꿈을 꾸지 않았다. 하지만 잭과 약속했던 달리기는 멈추지 않았다. 시간도 한 시간으로 늘렸다. 이른 아침과 이른 저녁에 동네를 달리는 영웅의 모습은 이제 일상이 됐다. 그러나 영웅의 마음에 약간의 변화가 생겼다.

'이렇게 해서 야구를 할 수 있을까?'

그 변화란 의심이었다.

한 달 내내 달리기만 했다. 교실에서 운동장을 보면 야구부 아이들이 훈련을 하는 모습을 볼 수 있었다. 달리기도 물론 했지만 공을 던지고 때렸다. 글러브로 공을 잡으러 다니기도 했다. 그런데 자신은 오로지 달리기만 하고 있었다.

게다가 그날 이후로 잭을 만나지 못했다. 처음의 마음가짐이 약해지는 게 당연했다. 불안함에 영웅은 이불 속에서 한참이나 뒤척인 뒤에야 잠에 들 수 있었다.

그리고 다시 눈을 떴을 때, 영웅은 한 달 전 잭과 만났던 그라운드에 서 있었다.

"약속을 잘 지켰더구나."

"잭 아저씨!"

뒤에서 들려오는 익숙한 목소리에 고개를 돌렸다. 거기에는 여전히 거대한 잭이 서 있었다.

"한 달 동안 달리기를 하는 게 힘들었을 텐데. 정말 잘했다."

"헤헤."

칭찬을 받으니 금세 기분이 좋아졌다.

"자, 그럼 다음으로 넘어가 볼까?"

등 뒤에 숨어 있던 잭의 손이 앞으로 나왔다.

"야구공!"

새하얀 야구공이 그의 손에 들려 있었다. 자신이 잡았을 때는 무척이나 컸는데 잭의 손에 있으니 너무 작았다.

"그럼 달리기는 그만하는 거예요?"

"아니, 달리기는 평생 해야 되는 운동이란다."

"평생……."

영웅의 얼굴이 사색이 됐다. 잭은 당근도 잊지 않았다.

"자, 야구공을 만져 볼까?"

언제 그랬냐는 듯 밝아진 표정의 영웅이 야구공을 잡았다.

낡은 공은 자주 만졌다. 개천에서 찾아 깨끗이 닦기 위해서 말이다. 하지만 새 공은 처음이었다.

"여기에 박혀 있는 실을 실밥이라고 한다."

"실밥……."

"이 실밥이 총 몇 개인지 아니?"

언뜻 보더라도 엄청나게 많았다. 영웅은 속으로 그걸 하나씩 세기 시작했다. 그걸 눈치챘는지 잭이 미소를 지었다.

"모두 108개란다."

"와…… 100개가 넘어요?"

"그래, 그리고 이 108개의 실밥이 공을 던지는 데 매우 중요한 역할을 하지. 이건 다음에 알려주도록 하마. 영웅이 네가 해야 될 건 이 실밥을 잡는 연습이다."

"잡는 연습이요?"

잭이 야구공을 잡았다. 검지와 중지를 이용해 두 줄의 실밥을 가로질러 잡았다. 엄지는 밑에 위치해 있었다.

"이렇게 잡아보도록 해."

야구공을 건네받은 영웅이 잭처럼 공을 잡으려 했다. 하지만 쉽지 않았다. 전체적으로 손이 작은 데다가 익숙하지 않은 탓이다.

각고의 노력 끝에 성공했다.

"됐다!"

"잘했다. 그렇게 공을 쥐는 게 익숙해지도록 해라. 그게 이번의 숙제다."

"네!"

두 번째 수업이 끝났다.

꿈에서 깬 영웅은 방 안에 굴러다니던 낡은 야구공을 이용해 잡는 연습을 했다. 집에서, 학교에서도 연습을 계속했다.

덕분에 선생님한테 지적도 들었다. 하나 멈추지 않았다.

그렇게 일주일이 지나자 어느 정도 잡는 방법이 익숙해졌다. 그러자 신기하게도 다시 꿈을 꿨다.

그라운드에 서 있었고 잭과 만날 수 있었다.

"야구공을 잡는 방법이 익숙해졌어요!"

"아주 잘했다. 그럼 이번에는 다른 운동을 알려주마."

이번에는 팔굽혀펴기였다.

"팔굽혀펴기를 할 때 중요한 건 손의 위치다. 가슴의 양옆에 놓고 해야 무리가 가지 않는다. 팔꿈치가 접히는 방향 역시 중요하다. 옆이 아닌 자신의 하체 쪽으로 움직여야 팔꿈치에 부상을 입지 않는다."

"네!"

영웅이 팔굽혀펴기에 익숙해질 때쯤 다시 꿈의 그라운드에 들어갈 수 있었다.

잭은 이번에 공을 던지는 방법을 알려주었다. 그런데 방향이 앞이 아닌 위였다.

"저번에 알려준 방법대로 공을 잡고 손등을 밑으로 한 채 두 손가락만으로 공을 위로 던져야 된다. 이때 중요한 건 두 개의 손가락으로 실밥을 채듯이 던져야 돼."

그 뒤로 잭은 몸을 단련하는 방법과 야구공을 이용한 훈련을 번갈아 가면서 했다. 그리고 한 가지 훈련을 알려주면 영웅이 잘 지켜야 다음번에 꿈의 그라운드로 들어갈 수 있었다. 그러다 보니 영웅은 훈련을 잘 따라할 수밖에 없었다. 야구를 배우고 싶었기 때문이다.

그렇게 영웅은 야구의 세계로 발을 내밀었다.

꿈의 그라운드.

영웅은 그곳을 그렇게 불렀다. 꿈을 꾸면 나타나는 그라운드였으니 틀린 말은 아니었다.

그곳에 드나든 지 1년이 됐다. 그동안 영웅은 많은 걸 배웠다. 몸을 단련시키는 법부터 공을 다루는 법까지. 다양한 것을 말이다.

최근에는 마운드에서 공을 던지는 걸 배우기 시작했다.

"와~ 엄청 머네요."

처음 마운드에 올랐을 때 영웅이 내뱉은 말이다. 캐처 박스가 너무 멀게 보였다. TV나 교실에서 운동장을 볼 때와는 전혀 다른 모습이었다.

"여기서 포수의 글러브를 향해 던져야 된다."

"그걸 어떻게 해요?"

"재밌는 걸 보여주마."

잭이 어디선가 철봉을 가져왔다. 매우 작은 철봉이었다. 신기한 건 철봉에 그물이 매달려 있다는 것이었다. 그물은 총 9개의 사각형으로 이루어져 있었다.

홈플레이트 위에 철봉을 둔 잭이 다시 마운드로 돌아왔다.

"저기 9개의 사각형이 보이지?"

"네."

"왼쪽 위가 1번, 가운데가 2번 오른쪽 위가 3번이다. 그 밑으로 똑같이 4, 5, 6, 7, 8, 9번이라고 하자."

사각형을 유심히 바라보며 번호를 하나씩 말한 영웅이 고개를 끄덕였다.

"자, 네가 번호를 골라봐라."

"음…… 4번이요."

가운데 사각형 중 왼쪽이었다.

스트라이크존으로 따지면 좌타자 기준 몸 쪽 코스였다.

"잘 봐라."

잭이 피처 플레이트를 밟았다. 그리고는 와인드업을 하더니 공을 뿌렸다.

쐐애애액ㅡ!

퍽ㅡ!

"우와!"

공이 정확히 4번 사각형을 통과했다. 영웅은 자신의 눈을 의심했다.

"다음은?"

"3번이요!"

머리를 써서 정반대를 불렀다. 그것도 같은 코스가 아닌 위쪽 코스를 말이다. 그러나 잭은 망설임이 없었다. 와인드업을 하고 있는 힘껏 공을 뿌렸다.

쐐애애액ㅡ!

퍽ㅡ!

"우와아아아!"

이번에도 정확히 3번 사각형을 통과했다. 그 뒤로도 몇 번이나 더 공을 던졌다. 그때마다 영웅이 말한 숫자의 사각형을 통과했다.

"투수가 원하는 코스로 던지는 걸 제구력이라고 말한다."

"제구력……."

"아무리 빠른 공을 던지더라도 제구력이 없는 투수는 결코 프로가 될 수 없다."

프로라는 말에 영웅이 눈을 빛냈다. 그의 목표는 프로다. 정확히는 프로가 돼서 돈을 벌어 아파트를 사는 것이다.

"그 제구력이란 거 어떻게 하면 얻을 수 있어요?"

"가장 먼저 해야 될 건 마운드에 익숙해지는 거지."

영웅은 잭의 말을 바로 이해하지 못했다.

마운드에 익숙해지는 거라니? 그냥 던지면 되는 거 아닌가?

"한번 해보렴."

잭의 말에 영웅이 마운드에 섰다.

"거기 네모난 판을 밟고 서면 된다."

"네."

잭이 공을 던지는 모습을 여러 번 봤다. 그렇기에 그것을 이미지로 잡았다. 서 있는 모습이 제법 비슷했다.

좌악—!

다리를 차올렸다. 유연한 신체 덕분에 가슴 높이까지 무릎이 올라왔다. 그리고 다리를 뻗어 내디디려는 순간.

"으악!"

땅이 쑥 꺼지는 감각과 함께 영웅의 균형이 무너졌다. 그리고 넘어졌다.

쿵-!

"아야야……."

"자, 이제 익숙해져야 되는 이유를 알겠지?"

"네……."

잭의 말뜻을 이해하게 된 영웅이었다. 영웅은 마운드 위에서 공을 던지는 연습을 했다. 여러 번 넘어졌지만 포기하지 않았다.

그 결과.

탁-!

발을 내디뎌도 넘어지지 않게 됐다. 거기에 이어 팔을 돌려 그대로 휘둘렀다.

후웅-!

"성공했어요!"

"잘했다."

잭의 칭찬에 영웅이 해맑게 웃었다.

"바로 다음 단계로 넘어가자. 이번에는 여기에 공을 집어 넣는 거다."

철봉에 걸려 있던 그물이 어느새 다른 것으로 바뀌어 있었다. 9개의 구멍이 있던 그물은 사라지고 한 개의 구멍만이 있었다. 즉, 실이 이어져 큰 사각형을 만들고 있었다.

"거기에 넣으면 되는 건가요?"

"그래."

잭이 9개의 사각형에 자유자재로 공을 넣는 모습을 봤다. 그렇기에 쉬울 거라 생각했다. 하지만 아니었다.

쐐액-!

퍽-!

"아악! 또 빗나갔어!"

공은 번번이 빗나갔다.

홈플레이트 근처에도 가지 못하는 공에 영웅은 절망했다.

그때 잭이 다가왔다.

"공을 던질 때 놓는 위치가 중요하다. 지금 너는 너무 뒤에서 공을 놓고 있어."

잭이 영웅의 손을 잡고 공을 놓는 위치를 알려주었다.

"자, 여기서 공을 던져 봐."

"네."

조언을 들은 영웅이 다시 피처 플레이트를 밟았다. 그리고 공을 던졌다. 이번에는 잭의 조언을 떠올리며 말이다.

'여기서!'

잭이 말했던 위치에서 공을 던졌다.

쐐애액-!

방금 전과 달리 공이 제대로 된 궤적으로 날아갔다. 그리고 거짓말같이 그물을 통과했다.

"토…… 통과했어요!"

"잘했다."

놀라운 일이었다. 아무리 알려주었다고는 해도 바로 성공을 하는 건 어려운 일이었다.

'역시 소질이 있다.'

잭이 보는 영웅은 분명 야구에 소질이 있었다. 무엇보다 손가락의 감각이 좋았다. 야구공의 실밥을 이용하는 투수에게는 무척이나 중요한 재능이었다.

"자, 그럼 다음에는 두 개로 늘려보자."

또 다른 훈련의 시작이었다. 하지만 영웅은 즐거웠다. 자신이 해낼 수 있다는 성취감에 말이다.

야구를 배우면서 영웅은 빠르게 성장을 했다. 평균보다 조금 작았던 키는 중학생이 되자 반에서 뒤에 위치해야 될 정도로 커졌다.

"우리 아들, 키가 엄마랑 비슷해지겠어."

"많이 컸죠?"

"그러게. 운동을 너무 열심히 해서 키 안 크면 어쩌나 했는데. 다행이다."

"엄마! 그거 다 거짓말이래요."

"응?"

"너무 과한 근육 운동을 하게 되면 성장판에 무리가 가서 키가 안 클 수도 있지만 적당한 운동은 오히려 성장판에 자극을 줘서 더 빠르게 성장을 하게 된다고 했어요."

"그래? 우리 아들 그런 것도 알아?"

"다른 사람한테 들은 거예요."

"누구한테?"

영웅은 대답 대신 미소를 지었다.

물론 잭한테서 들었다. 중학생이 되었지만 영웅은 여전히 꿈의 그라운드에서 야구를 배우고 있었다. 여전히 기초적인 훈련이 대부분이었다. 꿈의 그라운드에는 다른 사람이 없으니 할 수 있는 훈련은 한정적이었다. 그러다 보니 최근에는 조금 지루한 감을 느꼈다.

"흠……."

교실에 앉아 있는 영웅은 창밖을 바라봤다. 운동장이 한눈에 내려다보였는데 그곳에는 야구를 하는 학생들이 있었다.

영웅이 재학 중인 한성중에는 야구부가 있다. 전국 대회에서 유수한 성적을 내는 곳은 아니었지만 그래도 지역 대회에서는 준수한 성적을 냈다.

매일 운동장에서 훈련을 하는 야구부를 보며 영웅은 호기심이 생겼다.

'내 실력은 어느 정도일까?'

잭에게서 오랜 시간 훈련을 받았다. 하지만 얼마만큼의 실력인지는 알지 못했다.

최근 들어 이런 호기심이 심해졌다. 야구에서 혼자서 할 수 있는 훈련은 무척이나 제한적이었다. 그리고 그 훈련의 대부분이 반복적이었다.

지루함을 느끼는 상황에서 눈앞에 야구를 하는 사람들이 있으니 해보고 싶었다. 직접 말이다.

결국 영웅은 참지 못하고 운동장으로 향했다

운동장에 도착했지만 영웅은 한참이나 서성였다. 경기가 한창이었기 때문에 섣불리 가서 이야기를 할 수 없었다.

"1루에 주자가 있잖아! 견제를 하면서 공을 던져야지!"

"우익수! 낮 경기를 할 때는 태양의 위치를 확인하란 말이다!"

코치와 감독으로 보이는 사람들이 선수들을 지휘했다.

'아무리 봐도 적응이 안 돼.'

꿈의 그라운드와 전혀 다른 그라운드 상황이었다. 잔디는 커녕 풀 한 포기 찾아보기 힘든 운동장에서 야구를 하는 모습이 어색했다.

'그래도 재밌어 보여.'

여러 사람이 야구를 하는 모습은 즐거워 보였다.

자신도 끼고 싶었다. 저기서 같이 야구를 하고 싶었다.

그때였다.

툭-!

둔탁한 무언가가 발을 때렸다. 야구공이었다.

"아, 미안, 미안! 공 좀 던져 줘!"

멀리서 유니폼을 입은 소년이 외쳤다. 한성중 2학년 양현수였다. 어깨를 푸는 투수를 도와주기 위해 캐치볼을 하다 놓친 것이다.

영웅은 공을 잡았다. 매일같이 만지는 공이지만 오늘따라 느낌이 새로웠다. 잭과 캐치볼을 할 때를 떠올렸다.

영웅은 팔을 뒤로 뺐다. 그리고 돌렸다. 정확한 릴리스 포인트에서 공을 챘다.

쐐액-!

퍽-!

"어?!"

양현수는 자신의 글러브를 확인했다. 움직이지도 않았는데 정확히 공이 들어와 있었다.

노리고 던졌다? 야구부도 아닌 녀석이?

그때 익숙한 목소리가 들려왔다.

"너, 이름이 뭐냐?"

뒤에서 들려오는 목소리에 고개를 돌렸다. 거기에는 한성중 감독 김일중이 서 있었다.

"강영웅입니다."

"우리 학교 학생인 거 같은데. 야구부는 아니고 리틀 야구라도 했냐?"

"아니요."

리틀 야구를 해본 적이 없는 건 사실이었다.

"흠, 야구 좋아해?"

"네! 좋아합니다."

"잠깐 해볼래?"

"네!"

망설이지 않고 대답했다.

"체육복으로 입고 저쪽으로 와. 글러브는?"

"없습니다."

"스파이크도 없겠군. 발 사이즈가 몇이야?"

"260입니다."

"좋아. 그럼 갈아입고 와."

잠시 후, 운동장으로 돌아온 영웅은 미리 준비해 준 스파이크로 갈아 신었다.

"원하는 포지션 있나?"

"투수를 해보고 싶습니다."

"올라가서 해봐."

김일중이 마운드에 있는 투수에게 손짓을 했다. 교체였다. 어차피 자체 연습 경기다. 규정을 지킬 이유는 없었다.

글러브를 한 손에 든 영웅이 마운드로 올라갔다. 비슷한 또래로 보이는 투수가 거칠게 야구공을 건넸다.

퍽-!

"잘해봐라."

영웅이 다소 어리둥절한 표정을 지었다. 하지만 투수 입장에서는 억울한 입장이었다. 오랜만에 얻은 등판 기회였다. 그런데 그걸 이렇게 날려 버린 것이다.

"연습 투구 해!"

벤치에서 감독의 목소리가 들려왔다. 영웅이 고개를 끄덕였다. 마운드에 파인 흙을 다듬고 피처 플레이트를 밟아 상태를 확인했다.

'꿈의 그라운드보다는 별로네.'

그곳에서밖에 던지지 못했으니 비교가 되는 건 어쩔 수 없었다.

마지막으로 로진을 손에 묻혔다. 그리고 피처 플레이트에 발을 대며 가볍게 와인드업을 했다.

"후우!"

깊게 숨을 뱉으며 부드러운 폼이 이어졌다. 팔을 돌리며 원하는 릴리스 포인트에서 공을 챘다.

쐐액―!

뻐억―!

좋은 소리가 났다.

"역시."

김일중의 눈이 빛났다. 반면 야구부의 다른 학생들은 놀란 눈빛이었다.

"감독님, 저 녀석 누굽니까?"

그때 코치인 장우성이 물었다.

"나도 몰라."

"예?"

"아까 우연찮게 공을 던지는 걸 봤는데 손목이랑 손끝을 제대로 사용하더라고."

지금 연습 투구를 하는 모습을 보면 분명 그랬다. 분명 야구를 배운 녀석이 분명했다. 그것도 어릴 때부터 배웠을 것이다. 그렇지 않다면 저렇게까지 잘 던질 수 없었다.

"저 녀석 하체도 쓰는 거 같은데요?"

"나도 그렇게 생각해. 안전하진 않지만 말이지."

투구를 할 때 가장 어려운 건 하체의 힘을 이용하는 법이다. 어린아이들을 가르치다 보면 그 부분이 가장 답답하다. 하체를 이용하지 못하고 상체, 혹은 어깨로만 던지는 게 말이다, 그런데 저 녀석은 하체까지 이용해 투구하고 있었다.

"리틀 야구를 한 겁니까?"

"자기 말로는 그런 적은 없다는군."

"제가 제대로 알아보겠습니다."

"그래, 교무실 통해서 생활 기록부 확인해 보고 인근 리틀 야구단에 연락해 봐."

"예."

욕심이 났다. 녀석을 야구부에 넣고 싶었다.

"흡!"

뻐억-!

또다시 좋은 소리가 났다. 타자가 있는데도 존에 공을 꽂아 넣었다.

'잘 던지는군.'

하지만 그건 김일중의 생각이었다. 마운드 위의 영웅은 내색하지 않았지만 불만이 가득했다.

'꿈의 그라운드에서 던지는 거와는 차이가 심한데.'

좀처럼 공이 원하는 코스로 날아가지 못했다. 그나마 조금씩 던지다 보니 감각을 찾을 수 있었다. 여전히 마음에 들진 않았지만 말이다.

경기 후, 김일중은 장우성과 마주 보고 앉아 있었다.

"2이닝 동안 탈삼진 2개, 볼넷 3개, 2실점."

"구속은 눈대중으로 봤을 때 100㎞는 나오는 거 같더군요."

"조사해 본 건 어때?"

"인근 리틀 야구단에 모두 연락을 넣었지만 강영웅이란 이름은 없었습니다. 초등학교에도 연락해 봤지만 야구부에 들어간 적은 없었고요."

"흠, 녀석 말대로 야구를 해본 적이 없는 건가?"

"수비에서 어설픈 모습을 보여준 게 설명이 되기도 합니다."

투구는 분명 인상적이었다. 점수를 내주긴 했지만 어떤 투수라도 마찬가지다. 그것도 갑자기 올라갔으니 더더욱 말이다. 하지만 수비에서의 움직임은 너무 어설펐다. 내야 타구가 나왔을 때 백업 플레이가 전혀 없었다. 공이 자신에게 날아오면 어쩔 줄 몰라 하는 모습도 있었다. 홈 백업 역시 마찬가지였다. 마치 야구를 모르는 아이처럼 행동했다.

"던지는 것만 누군가에게 배웠다. 이렇게 생각하면 되겠지?"

"그게 맞겠죠."

"데려와야겠군."

김일중이 결정을 내렸다.

2장
야구부에 들어가다

"현실에서 처음으로 공을 던지는데 너무 어색한 거예요. 실밥을 채는 느낌은 다르지, 타자가 서 있어서 공 던지긴 힘들지, 마운드는 이상하지."

꿈의 그라운드.

영웅은 잭에게 오늘 있었던 이야기를 했다. 불만이 많은 등판이었다.

"현실에서 자주 던져 봐야 익숙해질 거다."

"게다가 백업 수비를 잘하지 못해서 혼도 많이 났어요."

"투수는 공을 딘진 뒤에 바로 내야수가 돼야 한다. 그게 바로 투수의 역할이지."

"하지만 배운 적이 없는 걸요."

잭은 잠시 고민하더니 입을 열었다.

"그럼 배워볼까?"

"네?"

"훈련보다는 실전을 경험해 보자."

"그게 무슨 말……."

잭이 영웅의 머리에 손을 올렸다.

"어?"

갑자기 눈앞이 빙글빙글 돌기 시작했다. 어지러워 눈을 감았다.

잠시 후.

"와아아아아-!"

갑자기 함성이 들려왔다.

의아함에 눈을 뜬 영웅은 마운드 위에 서 있었다.

'뭐지?'

그라운드에는 혼자만 있는 게 아니었다. 각 포지션에 선수들이 자리를 잡고 있었다. 모두 외국인이었다.

"플레이볼!"

심판이 경기 시작을 외쳤다.

좌앗-!

직후 투수가 발을 차올렸다.

'몸 쪽으로 던지자. 몸 쪽.'

투수의 생각이 흘러 들어왔다. 이상했다. 마치 자신이 지금 공을 던지는 투수가 된 듯했다. 한데 몸의 제어권은 없었다.

쐐애애액-!

딱-!

"제길!"

공이 맞았다. 1루 라인 쪽으로 날아가는 타구에 투수가 다급하게 1루로 뛰어갔다. 본능적인 움직임이었다.

'이런 식으로 백업을 가야 되는구나.'

퍽-!

"아웃!"

공을 포구한 1루수가 정확히 투수에게 던졌다. 베이스를 일찌감치 밟은 투수 덕에 아웃카운트가 올라갔다.

다시 배경이 바뀌었다. 어지럼증이 사라지고 영웅은 또 마운드에 서 있었다. 다른 경기장이었다. 그라운드에 서 있는 선수들도 다른 유니폼을 입고 있었다.

이번에는 2루에 주자가 있었다. 마운드 위 투수의 생각이 머릿속으로 들어왔다.

'하필이면 저놈을 여기서 만나다니. 설마 이번에도 홈런을 맞는 건 아니겠지?'

이전 만남에서 역전 투런포를 맞았다. 그때의 기억이 선명하게 남아 있었다.

그 상황에서 경기가 시작됐다. 사인을 받은 투수가 세트포지션으로 2루를 견제했다.

'아…… 왠지 불안한데.'

마음속에 일말의 불안감을 가진 채 발을 뻗었다.

쐐애애액-!

손끝의 감각이 좋지 않았다.

공이 몰렸다,

"제길!"

불안한 생각이 맞아떨어졌다.

따악-!

타자의 배트가 매섭게 돌았다. 빨랫줄처럼 날아가는 타구를 투수의 시선이 쫓았다. 몸은 이미 홈으로 달려가고 있었다.

퍽-!

다행히 공은 펜스를 직격했다. 좌익수가 튕겨져 나온 공을 잡아 내야로 던졌다.

유격수가 중간에서 공을 잡아 다시 홈으로 뿌렸다. 하지만 공의 궤적은 빗나갔고 포수가 제대로 포구하지 못했다. 그사이 2루 주자는 홈으로 파고들었고 주자는 3루까지 내달렸다.

퍽-!

그때 포수의 뒤에서 대기하고 있던 투수가 공을 잡았다. 그리고 곧장 3루로 공을 던졌다.

퍽-!

"아웃!"

3루수가 공을 잡아 주자를 태그했다. 완벽한 백업 플레이였다.

'투수가 백업을 가지 않았다면 주자는 3루에 있었을 거야.'

다시 배경이 바뀌었다.

영웅은 그런 식으로 투수의 백업플레이에 대해 공부했다. 투수의 생각을 읽고 그것을 자신의 것으로 만들었다.

다시 꿈의 그라운드에 돌아왔을 때.

"투수는 또 한 명의 수비수였어요."

"정답이다."

영웅은 투수의 수비에 대해 배울 수 있었다.

"지금 네가 배운 건 이론이다. 너의 것으로 만들기 위해서는 반복적인 훈련이 필요해."

"아까 두 번째 투수가 안타를 맞은 걸 괴로워하면서도 몸은 포수 뒤로 달려가는 것처럼요?"

"그렇지. 그게 바로 반복적인 훈련을 통해 일어나는 현상이다. 그렇게 될 때까지 훈련을 하고 또 해야 된다."

"반복적인 훈련……."

다시 한번 잭의 조언을 되새겼다.

일주일 뒤, 한혜선이 학교를 방문했다. 면담 신청이 있었기 때문이다.

처음에는 가슴이 철렁였다. 면담이란 걸 요청 받은 게 처음이니 당연한 증상이었다. 하지만 아들인 영웅을 알기에 믿고 용기를 냈다.

직장에 양해를 구하고 학교에 나왔을 때 혜선은 담임 선생님이 아닌 야구부 감독, 김일중과 면담을 하게 됐다.

"영웅이가 야구에 재능이 있습니다."

"재능이요?"

"예, 일주일 전에 우연찮게 공을 던지는 모습을 보고 제기 테스트를 했었습니다. 마운드에 처음 서는 것일 텐데 무척이나 잘 던지더군요. 영웅이가 야구를 정식으로 배운 적이 없는 걸로 알고 있습니다.”

“예, 초등학교 때도 야구부가 있긴 했지만 들어간 적은 없어요.”

“그렇군요. 아마도 주변의 누군가한테 배운 거 같습니다. 폼이 잡혀 있더군요.”

누군가라는 말에 한혜선이 의아한 표정을 지었다. 하지만 곧 영웅이 하던 행동을 떠올렸다. 어느 날, 갑자기 운동을 시작하고 야구공을 가지고 놀았다. 아마도 그때가 아닌가 싶었다.

하지만 김일중이 알고 싶은 건 그게 아니었다.

“좋은 일입니다. 만약 영웅이가 야구를 전혀 모르는 상황에서 재능을 발견한 것보다는 말이죠.”

“그래요?”

“네, 최근 야구는 빠르면 초등학교 2학년부터 시작합니다. 늦어도 4학년, 5학년부터 시작을 하죠. 그리고 중학교 1학년이 그 마지노선이 됩니다.”

“그럼…….”

“예, 영웅이가 야구부에 들어오기 위해서는 지금이 마지막 기회입니다. 녀석은 분명 재능이 있습니다. 하지만 야구는 경쟁이 치열한 스포츠입니다. 본격적인 팀 훈련이 시작되는 2학년이 되면 더 이상 기회가 없을 수도 있습니다.”

김일중은 절묘하게 당근과 채찍을 줬다.

"저…… 그럼 회비 같은 건……?"

"여기 안내문이 있습니다. 생각해 보시고 연락주시길 바랍니다."

김일중이 건네는 알림장을 받는 한혜선의 얼굴이 어두워졌다.

"……그걸 좀……."

늦은 밤. 영웅은 주방에서 들려오는 소음에 잠에서 깼다.

"그래…… 알았어."

소음은 바로 통화 소리였다.

'엄마 안 자는 건가?'

영웅은 시계를 확인했다. 밤 11시였다. 늦은 시간까지 통화를 하는 엄마의 모습이 의아했다. 잠깐의 정적이 흐르다 다시 목소리가 들려왔다.

"응, 언니. 나 혜선이야. 응, 오랜만이야. 저기 혹시 여유 있으면 오십만 원만 빌려줄 수 있을까? 영웅이가 야구에 재능이 있대. 그래서 야구부 감독님…… 어…… 그래. 얼마 전에 병원비 냈어? 응…… 그럼 힘들겠네. 아니야, 미안해."

영웅의 눈동자가 심하게 흔들렸다.

'나 때문에…….'

아직 어린 나이지만 상황이 어떻게 돌아가는지 알 수 있었다. 엄마는 자신 때문에 돈을 빌리고 있었다. 그때 주방에서 일어나는 소리가 들렸다. 영웅은 급하게 이불을 덮고 자는 척을 했다. 곧 방문이 조심스럽게 열렸다. 방에 들어온 엄마가 영웅의 옆에 앉았다.

쓱─!

그리고 머리를 쓰다듬었다.

"미안해……."

목소리가 흔들리고 있었다. 울음을 참고 있다는 게 느껴졌다.

"우리 아들이 야구에 재능이 있다는데…… 엄마가 도와주지 못해서 미안해……."

가슴이 아팠다. 엄마가 슬퍼하는 게 싫었다. 눈물을 흘리는 이유가 자신 때문인 게 더더욱 싫었다.

'반드시…….'

영웅은 마음속으로 다짐을 했다.

가족이 행복하게 만들 거야.

다음 날. 영웅은 학교 컴퓨터 앞에 앉았다. 포털 사이트에 접속한 영웅은 검색을 했다.

[야구부 장학생]
[야구부 특기생]

몰랐던 정보가 수두룩했다. 그것들을 읽다 보니 자신이 얼마나 야구를 얕보고 있었는지 보였다.

재능은 당연하다. 거기에 노력이 있어야만 프로가 될 수 있다. 또한 고등학교 특기생이 되기 위해서는 중학교부터 성적을 내야 된다.

그래야지만 고등학교에 스카우트가 될 수 있었다.

[장학생의 경우 각 학교마다 시스템이 다르지만 뛰어난 선수를 스카우트하기 위해 전액 장학금을 주는 경우도 종종 있다.]

영웅의 1차 목표가 잡혔다.

그날 밤, 꿈의 그라운드에서 잭을 만났다.

"잭 아저씨, 저 프로가 되고 싶어요."

"알고 있다. 프로가 돼서 3억을 벌고 싶다면서?"

"아니요. 그것보다 더 많이 벌고 싶어요. 최소한 우리 가족들이 먹고사는 데 지장이 없을 정도로요."

잭이 의아한 표정을 지었다. 며칠 사이에 영웅의 목표가 바뀐 게 이상했다.

"잠깐 실례하마."

잭이 영웅의 머리에 손을 올렸다. 잠시 후, 손을 뗐다.

"흠."

진지한 표정으로 변한 잭이 고개를 끄덕였다.

"그런 일이 있었구나."

"어떻게……?"

"네 기억을 읽었다. 가족을 위해 운동을 한다는 거, 멋진 일이지. 하지만 네 계획대로라면 무척이나 힘든 일정이 될 거다."

"각오하고 있어요."

사람은 계기가 있으면 변한다. 지금의 영웅이 그랬다.

"그럼 내 친구들을 만나러 가자."

"친구들이요?"

잭이 웃으며 앞장섰다. 의아한 표정으로 영웅이 뒤를 따랐다. 잭은 더그아웃의 문 앞에 섰다.

"미리 말하지만 분명 힘들 거다."

"예."

의연한 표정으로 대답하는 영웅을 보며 잭이 굳게 닫힌 문을 열었다. 그 너머는 다른 야구장이었다. 관중석에는 한 명의 사람도 없었지만 그라운드에는 선수들이 있었다.

"내 친구들이다."

"오…….."

활발하게 야구를 하는 그들의 모습에 영웅의 눈이 빛났다. 그들의 플레이는 무척이나 정교했다.

딱-!

호쾌한 스윙이 공을 때렸다.

라인 드라이브로 날아가는 타구에 중견수가 펜스까지 달라붙었다. 그리고 타이밍을 맞춰 점프했다. 거기서 멈추지 않고 펜스를 한 손으로 잡고, 한 발로 펜스를 밟고 다시 한번

도약했다.

퍽ㅡ!

"와!"

입이 쩍 벌어지는 플레이였다. 그 순간 그라운드에 있는
선수들의 시선이 영웅에게 향했다.

"왜…… 왜 저러죠?"

"신기한 거지. 이곳은 선택받은 선수들만이 들어올 수 있
는 공간이니까."

"선택받은 선수요?"

"그래, 그런 곳에 아직 어린 네가 들어왔으니 다들 호기심
을 가지는 거란다."

그때 한 남자가 다가왔다.

"잭! 이 꼬마는 누군가?"

"내 레거시를 가진 꼬마지."

"오호, 자네의 것을? 그래서 이곳에서 들어올 수 있었군.
하지만 아직 다른 녀석들은 관심이 없나 보네."

남자의 말대로였다.

다른 선수들은 다시 경기에 열중하고 있었다.

"하지만 자네가 왔다면 가능성은 있다는 소리 아니겠나?"

"하하! 그렇지. 이 꼬마는 가능성이 있어. 아주 빠른 공을
던질 수 있는 어깨를 가지고 있단 말이지."

남자가 손을 뻗어 영웅의 어깨를 만졌다. 어깨부터 시작된
그의 손길은 곧 팔뚝과 손목, 그리고 손가락까지 이어졌다.

"어깨는 싱싱하다 못해 아직 싹도 틔우지 못했지만 손가락

은 유연하고 손목은 강인하군."

"아주 천천히 성장시킬 생각이었으니까."

"이곳에 데려온 걸 보면 계획이 변했나 보지?"

"저 아이가 원한 거라네."

남자가 의외라는 시선으로 영웅을 바라봤다.

"꼬마, 왜 야구를 하고 싶은 거지?"

영웅의 머리에 온갖 생각이 떠올랐다. 처음 만나는 사람에게 있어 보이게끔 답변을 할까도 생각했다. 하지만 곧 고개를 저었다.

"돈을 벌고 싶어요."

"돈?"

남자의 목소리에서 약간의 적대감이 느껴졌다. 하지만 물러서지 않았다. 여기서의 대답이 중요하다는 걸 본능적으로 느꼈다.

"네, 가족들이 더 이상 돈으로 고통받는 걸 보고 싶지 않아요."

"푸하하! 이거 재미있는 녀석이군. 잭, 네가 왜 이 아이를 택했는지 알겠어."

"이 아이가 날 택한 거지."

"꼬마, 이름이 뭐냐?"

"영웅, 강영웅입니다."

"내 이름은 덴튼 트루 영이다. 잘 부탁한다."

영의 시선이 잭에게 향했다.

"잭, 이 녀석을 내게 데려온 이유는 뭐지?"

"영웅이에게는 계획이 있다. 그 계획을 위해서는 구속이 필요해. 나보다는 자네가 스페셜리스트 아닌가?"

"이봐, 난 구속만이 아니라 모든 부분에서 완벽한 남자라고."

"당장은 구속이 가장 중요하네. 영웅이는 한국에서 뛰고 있거든."

"한국이라……. 그리고 보니 자네의 유산이 그곳에 있었지?"

영이 잠시 생각을 하다 입을 열었다.

"좋아. 하지만 내 훈련은 쟤, 이 녀석의 것보다 힘들다. 도중에 포기해도 좋지만 그렇게 되면 난 두 번 다시 널 가르치지 않을 거다. 알겠지?"

"예."

"좋다. 그럼 지금 네 상태를 테스트해 보자."

영웅이 고개를 끄덕였다.

다음 날, 영웅의 훈련에 하나의 스케줄이 추가가 됐다.

"후우……."

팔을 천천히 들어 올렸다. 그리고 다시 내렸다.

간단한 행동이지만 영웅처럼 느리게 한다면 이야기가 달라진다. 팔이 올라갔다가 내려오는 데 1분이란 시간이 걸렸다. 옆에서 지켜보며 지루해서 하품이 나올 지경이었다. 하지만 영웅의 근육에는 계속해서 자극이 가고 있었다.

어제 밤 트루 영이 했던 말이 영웅의 머릿속에 떠올랐다.

"이 동작을 매우 천천히 하는 이유는 근육을 하나하나 자극시키기 위해서다. 이걸 매일 하게 되면 네가 공을 던질 때 사용해야 될 근육의 40퍼센트를 단련할 수 있다."

트루 영의 훈련은 철저하게 구속을 늘리는 데 집중되어 있었다.

"어깨와 팔의 인대가 다치는 이유 중 하나는 어릴 때부터 너무 많은 공을 던져서다. 어떤 경우가 있더라도 투구 수는 90개로 한정 짓는다. 그때까지 경기를 끝낸다는 각오로 공을 던져. 그리고 연습 투구는 하지 마라. 어깨의 수명을 닳게 하는 어리석은 행동이니까."

잭과 영의 훈련 방법은 차이가 있었다. 하지만 동일한 부분도 있었다. 그건 바로 근육의 단련이었다.

많은 어린 선수가 구속을 늘리기 위해 무리한 방법을 택한다. 어릴 때부터 무거운 물건을 들고 어깨를 단련한다. 빠른 공을 던지기 위해 끊임없이 불펜에서 공을 던졌다.

잭과 영은 그런 행동이 무의미하다는 주장을 펼쳤다. 누가 맞는지 알 수 없다. 그러나 영웅은 두 사람의 의견을 따랐다.

"후우……!"

영웅의 몸이 땀으로 젖어갔다.

꿈의 그라운드.

마운드에 한 소년이 서 있었다.

아직 앳된 티가 나는 얼굴이라 소년이라 말했지만 키나 덩치는 소년이 아니었다. 180㎝의 키에 떡 벌어진 어깨가 인상적이었다.

촤앗-!

소년이 와인드업을 했다. 큰 키와는 달리 매우 유연하게 다리가 올라갔다. 그리고 크게 발을 내디뎠다.

타닥-!

동시에 허리와 상체가 돌아가면서 팔이 앞으로 휘둘러졌다.

"차앗-!"

쐐애애애액-!

뻐억-!

스트라이크존 한가운데를 통과하는 공이었다. 굉장한 소리만큼이나 구속도 빨랐다.

"나이스 홈런!"

영이 큰 소리로 외쳤다.

"푸하하!"

"또 홈런을 맞았구나."

"벌써 홈런만 9개째 아니냐?"

더그아웃에서 그 모습을 지켜보던 남자들이 웃음을 터뜨

리며 소년을 놀렸다.

"제구가 실패해서 공이 한가운데로 몰리는 순간 타자는 홈런을 때려낸다. 어떤 경우라도 한가운데로 공이 몰리면 안 돼."

"아악! 너무 어려워요!"

소년, 아니, 영웅이 머리를 쥐어뜯는 시늉을 했다.

"그게 뭐가 어려워?! 투수가 원하는 코스에 공을 던지지 못하면 어떻게 투수를 하냐?!"

"원하는 코스도 정도가 있죠! 어떻게 16개로 잘게 쪼개서 마음대로 던지냐 이거예요!"

영웅은 이 훈련을 시작할 때를 떠올렸다. 설명을 듣고 잭과 했던 훈련임을 알고는 별게 아니라 생각했다. 하지만 그건 크나큰 착각이었다.

영은 처음부터 존을 10개로 나누라는 주문을 했다. 그게 성공한 뒤에는 1개씩 늘어났다. 그 결과 지금은 16개의 스트라이크존으로 늘어났다.

"안 되긴 왜 안 돼?! 투수가 마음만 먹으면 존을 100개로 쪼개서 원하는 코스에 던질 줄 알아야지!"

실제로 그렇게 하는 것이 영이었다. 그걸 알기에 영웅은 반박할 수 없었다. '한번 해봐요!'라고 했다가 정말 100개의 존에 정확히 꽂아 넣는 영의 모습을 보고 입을 다물게 됐다.

"변화구를 잘 던지기 위해선 먼저 제구력이 잡혀 있어야 된다. 그렇지 않은 상태에서 던지는 변화구는 엉망일 수밖에 없다. 똑똑히 기억해 둬. 변화구는 제구력에 붙는 장식품일 뿐이다."

영의 진지한 말에 영웅이 고개를 끄덕였다.

"자, 오늘 훈련은 여기까지다."

잭이 더그아웃에서 말하며 이야기했다. 영의 표정에 불만이 나타났다.

"이제 시작인데 훈련을 끝내다니?!"

"미안하지만 여기까지야. 내일은 영웅이에게 중요한 날이거든."

"중요한 날? 아! 벌써 내일이군."

디데이가 내일로 다가왔다. 그것을 알기에 영도 훈련을 종료시켰다.

"계획은 잡아둔 거냐?"

"내일 감독님한테 찾아가서 테스트를 요청할 생각이에요."

"음, 해줄까? 한국의 경우 중2부터는 테스트를 잘 해주지 않는다면서?"

"잘 아시네요?"

"저번에도 말했지만 이곳에 있으면 전 세계의 야구 지식을 알 수 있다. 선택받은 자들만 누릴 수 있는 혜택이지."

잭의 설명에 영웅이 물었다.

"그랬다고 했었죠? 그런데 전 왜 그 혜택을 못 누릴까요?"

"네가 위대한 자가 됐다고 생각하는 거냐? 아직 어림도 없다."

영이 그런 영웅에게 핀잔을 주었다. 그때 힌 흑인 남사가 다가왔다.

"그런데 그렇게 해서 임팩트를 줄 수 있겠냐?"

남자의 말에 잭과 영의 눈에 이채가 어렸다.

"뭐야? 자네도 조언을 해줄 생각이 든 건가?"

"아니, 그럴 생각은 없어. 단지 쇼맨십이 없다고 말하고 싶을 뿐이야."

"쇼맨십이요?"

"그래, 야구 선수는 쇼맨십이 있어야 된다. 그런 점에 있어서 넌 빵점이야."

흑인 남자의 말에 잭이 나섰다.

"페이지, 좋은 아이디어가 있으면 좀 알려주지?"

"흐흐, 나라면 말이지."

흑인 남자가 무용담을 이야기하듯 자신의 아이디어를 이야기했다.

다음 날, 방과 후가 되자 운동장에서 야구부가 연습 경기를 치르고 있었다. 그 모습을 바라보는 김일중의 시선은 탐탁치 않았다.

'투수가 이렇게도 없나?'

야구에서 투수는 매우 중요하다. 아마 야구에서는 그 중요성이 더욱 높아진다. 매일 경기가 있는 게 아니기 때문에 에이스급 투수가 매 경기마다 등판할 수 있다. 그러다 보니 제대로 된 투수 한 명만 있으면 팀의 성적이 쑥쑥 올라갔다.

작년이 그랬다. 지금은 졸업한 박태민의 위력적인 피칭을 앞세워 대통령배에서 4강에 올랐다.

올해 학교 측에서는 그 이상을 요구하고 있었다. 즉, 준우승 혹은 우승까지를 점치고 있는 것이다.

그런 상황에서 투수가 없었다.

'답답하군.'

당장 대회가 몇 달 앞으로 다가온 시점에서 답답한 마음이 커지고 있었다.

그때였다.

"응?"

익숙한 얼굴이 보였다.

'저 녀석은……'

강영웅이었다. 1학년 때 잠깐 눈에 들어왔던 녀석이다. 하지만 집안 사정으로 인해 야구부에 들어오지 못했다.

'아직 야구에 미련이 남은 건가?'

외야에 자리를 잡는 녀석의 모습에 김일중이 안타까운 표정을 지었다.

'이미 늦었지.'

김일중은 그에게서 관심을 껐다. 중학교 3학년이 되어 야구부에 들어와도 녀석이 할 건 없었다. 기회를 놓친 녀석보다는 기회를 줄 녀석을 찾는 게 그의 일이었다.

'이쯤이면 되겠지?'

한편 외야의 영웅은 자리를 찾고 있었다.

그가 자리를 잡은 곳은 외야에서 가장 깊숙한 곳인 우익수 파울라인 밖이었다. 예상대로 그곳에는 낡은 야구공이 더러 보였다. 미처 회수되지 못한 녀석들이었다.

"후우ㅡ!"

이곳으로 오면서 어깨를 미리 예열시켰다. 가볍게 러닝도 해서 전력투구를 하는 데 문제는 없었다. 걱정되는 건 자신이 그걸 할 수 있느냐는 것이었다.

'꿈의 그라운드에서는 성공했지만……'

현실에서는 처음 하는 일이었다. 잭과 영은 반드시 할 수 있을 것이라며 힘을 실어주었다. 반면 이 아이디어를 준 페이지는 별말을 하지 않았다.

'그러고 보니 페이지가 말을 걸어온 건 처음이었는데……'

어째서 자신에게 말을 걸었을까?

궁금했다. 하지만 상념은 오래가지 못했다.

툭ㅡ!

그의 앞으로 떨어진 공이 굴러오고 있었기 때문이다. 고개를 들어 그라운드 상황을 봤다. 볼 데드인 듯 주자들이 루상으로 돌아가고 있었다.

"공 좀 던져 줘!"

우익수가 달려오다 영웅을 발견하고 양팔을 들어 올렸다. 상체를 숙여 공을 잡은 영웅이 한숨을 내쉬었다.

"후우……"

그의 시선이 우익수에게 향했다. 정확히 이야기하면 우익수의 어깨 너머로 보이는 홈플레이트였다.

타닥-!

영웅이 발을 내디뎠다.

"어?"

갑작스럽게 투구 동작에 들어간 영웅의 행동에 김일중의
눈이 커졌다.

'폼이 예전보다 부드러워졌…….'

그렇게 느끼는 순간.

"차앗-!"

영웅의 기합 소리가 그라운드를 울렸다.

팔의 스윙과 함께 놓인 공이 굉장한 속도로 홈플레이트를
향해 날아왔다.

1루 라인을 타고 날아오던 공이 베이스를 지나 내야에서
한 번 바운드가 됐다. 그리고 정확히 포수의 미트로 빨려 들
어갔다.

퍽-!

순간 적막이 흘렀다. 움직임은 멈춘 채 시선만이 영웅에게
향했다.

"강영웅!"

적막을 깬 것은 김일중이었다. 그가 손을 들어 영웅을 오
게 했다. 외야와 내야를 가로지르는 그에게서 선수들의 시선
이 떠나지 않았다.

"부르셨어요?"

영웅이 김일중의 앞에 섰다.

"여전히 공 던지냐?"

"네."

"투수?"

"네."

김일중의 옆에 놓여 있던 신발의 호수를 확인했다.

"2년 전에 260이었으니 270짜리 신으면 되나?"

"285까지 커졌습니다."

"허……."

그러고 보니 키가 무척이나 컸다. 이미 자신은 내려다볼 정도가 됐다. 어깨는 마치 수영 선수처럼 넓어졌다. 상의 사이로 보이는 근육이 심상치 않다는 걸 느끼게 해주었다.

"장 코치."

"네, 감독님."

"장 코치 스파이크 좀 이 녀석에게 빌려줘."

"알겠습니다."

장우성 코치가 어딘가 다녀왔다. 다시 돌아온 그의 손에는 스파이크가 들려 있었다.

영웅은 건네주는 스파이크를 받아 착용했다. 그리고 글러브까지 손에 끼우자 준비가 끝났다.

"1이닝, 던질 수 있겠냐?"

"네."

마치 예상이라도 했다는 듯 영웅이 마운드로 걸어갔다.

그 모습을 지켜보던 장우성이 다가왔다.

"저 녀석, 2년 전에 그놈 맞죠?"

"그래."

"엄청 변했네요. 게다가 방금 전 그 송구는⋯⋯."

외야에서 홈까지 송구를 했다.

사실 저걸 할 수 있는 건 중학생들 중에서도 몇 명 있었다. 하지만 방금 전 송구는 무척이나 낮게 날아왔다. 거의 포물선을 그리지 않는 레이저 송구에 가까웠다. 비록 원바운드가 되었다고는 하지만 저 위치에서 홈까지 저렇게 낮은 송구를 하다니?

"어깨를 엄청 단련했나 봅니다."

장우성이 감탄을 했다.

김일중 역시 마찬가지였다. 하지만 장우성과는 다른 의미로 감탄을 하고 있었다.

'홈플레이트를 정확히 지나 미트에 꽂혔다. 노리고 던졌다면 엄청난 제구력이야.'

그리고 만약 노렸다면, 녀석은 전력으로 공을 던진 게 아닐 수도 있었다.

'과연 마운드에서는 어떨까?'

다시 한번 녀석을 마운드에 세운 이유였다.

뻐억―!

그라운드에서 굉장한 소리가 났다. 연습 투구인데도 불구하고 힘이 느껴졌다. 선수들이 술렁이기 시작했다.

연습 투구가 끝났다. 포수와 사인을 교환한 영웅이 손에 로진을 묻혔다.

"후우―!"

그러면서 호흡을 정돈했다. 잭에게 배운 것이었다.

"야구는 투수가 공을 던져야만 시작하는 거다. 호흡이 거칠어졌다면 최대한 시간을 끌면서 너의 호흡을 가다듬는 데 시간을 들여라."

호흡을 정리하면서 타자를 확인했다.
'좌타, 몸집을 봤을 때 거포형일 가능성이 크다. 4번 타자라는 게 가정에 힘을 실어준다. 목이 굵다. 손목 역시 굵고 굵고 단련이 잘되어 있어.'
짧은 사이에 타자에 대한 정보를 모았다. 영의 가르침이었다.

"요즘 투수들은 전력 분석 팀에서 건네는 정보에 너무 의존한다. 그게 중요하지 않다는 건 아니야. 투수 혼자서 모을 수 없는 정보를 주기 때문에 반드시 필요하다. 하지만 전력 분석을 할 수 없는 상황에서 처음 보는 타자를 상대한다면? 투수가 정보를 모아야 된다. 타자의 몸, 움직임, 배트를 잡는 법, 호흡까지. 모든 걸 캐치해서 너의 정보로 만들어라."

'내추럴 파워 히터다.'
파워 히터는 크게 둘로 나뉜다. 그중에 하나가 바로 내추럴. 타고난 힘을 앞세워 홈런을 만들어내는 이들이다.
눈앞의 타자는 그럴 가능성이 농후했다.
피처 플레이트를 밟았다.

'바깥쪽 낮은 코스 포심 패스트볼.'

영웅의 사인에 포수가 고개를 끄덕였다. 미트를 내밀자 영웅이 와인드업 포지션에서 투구 동작으로 들어갔다.

'9번.'

스트라이크존을 9개로 나눈 영웅의 시선이 9번 존에 고정됐다. 고정됐다. 좌타 기준 바깥쪽 낮은 코스였다.

"흡-!"

발이 땅을 내디뎠다. 허리를 회전시킨 영웅의 팔이 쓰리쿼터의 궤적에서 흘러나왔다.

"차앗-!"

쐐애액-!

빠르게 회전한 공이 9번 존을 통과했다.

후웅-!

직후 타자의 배트가 돌아갔다.

뻐억-!

묵직한 소리가 그라운드를 울렸다. 구심을 보고 있던 3학년이 팔을 들어 올렸다.

"스트라이크!"

"우와…… 엄청 빠르다."

"몇 킬로였지?"

학생들의 시선이 장우성 코치에게 향했다. 그의 손에는 어느새 스피드 건이 들려 있었다.

"얼마나 나왔나?"

"130㎞입니다."

"우와!"

구속 130km/h.

확실히 빠르다. 대부분의 중학교 에이스도 이 정도 구속은 던지지 못한다. 전국으로 따졌을 때 한 손에 꼽을 정도로 적을 것이다. 게다가 방금 전 공은 제구도 완벽했다.

그럼에도 불구하고 김일중은 침착했다. 아니, 뭔가 불만족스러운 표정이었다.

뻐억-!

그때 2구가 들어갔다. 이번에는 눈높이로 들어오는 공에 타자의 배트가 헛돌았다.

"129km입니다."

구속이 빠르다 보니 타자의 스윙 타이밍이 평소보다 빨랐다. 그러다 보니 공의 궤적을 늦게 확인하고 볼에도 배트가 나가고 있었다.

뻐억-!

"스트라이크! 아웃!"

삼구삼진.

세 번 모두 완벽한 제구에 농락을 당했다. 하지만 여전히 김일중의 마음을 사로잡지는 못했다.

두 번째 타자 역시 삼구삼진으로 돌려세웠다. 마운드에서 호흡을 고르는 영웅의 모습에서는 안정감이 느껴졌다.

그게 마음에 들지 않았다. 기계처럼 상대 타자를 처리해 가는 모습들이 말이다.

'고작 이걸 보여주려고 2년 만에 나타나서 그런 쇼맨십을

보여준 거냐?'

외야에서 홈까지 한 번에 던지는 임팩트를 깨지 못하는 영웅이었다. 결국 김일중이 자리에서 일어났다. 그러고는 마운드로 걸어갔다.

자동적으로 내야수들이 마운드로 걸어왔다. 하지만 김일중이 손짓으로 그들의 접근을 막았다.

"강영웅."

"예."

"네 실력은 잘 알았다. 교체다. 내일부터 야구부에 나와도 좋다. 입단비는 없는 걸로 해주지. 단 회비는 꼬박꼬박 내야 된다."

영웅에게서 더 이상 볼 게 없다고 판단한 김일중이다.

"한 이닝을 던지라고 하셨습니다."

그러나 영웅은 물러나지 않았다. 당돌한 것도 정도가 있다. 특히 운동권에서 말대답은 군대의 항명이나 마찬가지였다.

선후배 사이에서도 그러는데 하물며 감독과 선수라면?

당연히 김일중의 목소리가 좋을 리 없었다.

"볼 건 다 봤다. 내려가."

"아직 보여드릴 게 남았습니다."

"뭐?"

"전부를 보여드린 게 아닙니다."

"하!"

당돌한 영웅의 태도에 황당을 넘어 어이가 없었다.

"좋아, 남은 게 뭔지 봐주도록 하지."

선전포고를 하듯 말하고는 마운드를 내려온 김일중이 다시 경기를 속개시켰다. 여전히 마음속에는 화가 남아 있었다.

'남아 있는 거라고 해봤자 변화구겠지.'

나름대로 추리를 하며 마운드 위의 영웅을 바라봤다. 여전히 침착하게 자신만의 루틴을 가져가고 있었다.

'애늙은이가 따로 없군.'

한번 어긋나니 좋게 보이지 않았다.

영웅이 피처 플레이트를 밟고 사인을 교환했다. 그리고 눈을 감았다.

"후우-!"

깊은 호흡과 함께 다시 뜬 그의 눈에는 이전에는 볼 수 없었던 공격성이 나타났다.

'뭐지?'

김일중이 놀라 장우성을 바라봤다. 장우성 역시 변화를 눈치챈 듯 동공이 커져 있었다.

촤악-!

그때 모래를 흩뿌리며 영웅이 발을 차올렸다.

무릎이 가슴팍에 닿았다.

'대단한 유연성……!'

이전에는 볼 수 없던 투구 폼이었다.

탁-!

발을 앞으로 뻗으며 마운드를 내디뎠다. 동시에 회전이 시작됐다. 허벅지, 허리, 상체의 회전을 타고 하체의 힘이 어깨로 전달됐다. 어깨의 근육을 타고 흐른 힘은 곧 팔꿈치와 손목을 지나 손끝으로 이어졌다. 영웅은 그 힘을 끝까지 유지한 채 자신의 릴리스 포인트에서 공을 뿌렸다.

"차앗-!"

쐐애애애액-!

뻐억-!

굉장한 소리와 함께 공이 미트에 박혔다.

털썩-!

깜짝 놀란 포수가 뒤로 넘어가며 엉덩방아를 찧었다.

툭-!

공마저 놓쳐 바닥을 굴렀다.

"보…… 볼……."

적막을 깨고 구심이 판정을 내렸다.

김일중이 자리에서 벌떡 일어났다.

"거기까지!"

"도대체 몇 킬로가 나왔을까?"

"130 중반 아닐까?"

"아니야. 130 후반은 되어 보였어."

아이들이 모여 방금 전 공에 대해 이야기했다. 전문적으로 야구를 하는 중학 선수들조차 놀라게 할 정도이 빠르기였다.

그때 한 아이가 말했다.

"저 녀석, 야구부에 들어오겠지?"

"그러지 않을까?"

"그런데 야구부 입부가 목적이었으면 그냥 테스트를 보면 될 일이잖아? 왜 일을 복잡하게 한 걸까?"

포수의 말에 다른 아이들도 의문이 들었다.

한편, 김일중은 영웅과 일대일로 면담을 하고 있었다.

"구속 140㎞라. 확실히 보여줄 게 남아 있더군."

"아직 미완성입니다."

"제구가 제대로 잡히지 않나 보더군."

"네, 원하는 코스에 던질 수 없는 공은 실전에서 사용하기엔 무리가 있으니까요."

정답이었다.

"오늘 쇼케이스는 잘 봤다. 원하는 게 있을 거 같은데?"

"예, 아시겠지만 저희 집은 사정이 좋지 않습니다. 2년 전, 감독님의 제안에도 제가 야구부를 들어오지 못했죠."

"입단비, 유니폼, 그리고 회비까지 모두 면제해 주마."

감독이 파격적인 제안을 했다. 하지만 영웅은 자신의 가치를 충분히 알고 있었다.

"저희 집 사정상 전지훈련, 대회 참가 등 야구부에 다니면서 생길 금전적 지출을 부담 할 수 없습니다."

"즉, 공짜로 야구를 하겠다. 이거냐?"

영웅은 대답 하지 않았다. 무언의 긍정이었다. 스스로의 가치를 정확히 알고 있는 영웅이었다.

인터넷을 통해 구속 140㎞/h가 가지는 의미를 알 수 있었다. 국내에서 중학교 3학년이 140㎞/h의 빠른 공을 던진 케이스는 희귀했다. 최소한 근 5년 사이에는 없었다. 그나마 볼 수 있던 기사는 외국의 일이었다.

'분명 날 잡을 거다.'

그런 자료가 있었기에 영웅은 자신의 주장을 관철했다. 결국 장고 끝에 대답이 나왔다.

"좋아, 그렇게 해주지."

"감사합니다. 그리고 부탁이 있습니다."

"너무 많은 걸 바라지 마라."

순간적으로 김일중의 카리스마에 압도당하는 느낌이었다.

평생을 승부의 세계에서 살아온 김일중이다. 일반인과는 다른 무언가를 가지고 있었다.

하지만 영웅은 주눅 들지 않았다.

"혹시 야구부에 남는 글러브가 있으면 싸게 구입하고 싶습니다."

예상외로 큰 부탁이 아니었다. 들어주지 않기에도 애매했다.

도중에 야구를 그만두는 녀석들 중에는 글러브를 놓고 가는 녀석들도 있다. 그게 아니더라도 사연 없이 굴러다니는 글러브는 창고에 널려 있었다.

"그래, 알았다."

"김사합니다!"

영웅은 한성중 야구부에 정식으로 입부했다.

그날 저녁. 식사를 앞두고 가족이 방에 모였다. 영웅의 요청이었다.

"저 야구부에 들어가게 됐어요."

"야구부?"

놀라는 한혜선과 달리 누나인 수정이 되물었다.

"응, 오늘 테스트를 봤고 정식으로 입부했어. 입단비, 회비, 전지훈련비 등 모든 비용은 학교 측에서 내주기로 결정됐어요."

"응? 그렇게도 해줘?"

수정이 의아한 얼굴로 물었다. 그녀는 어느덧 고등학생이 됐다. 최근에는 아르바이트로 사회 활동도 하고 있는 그녀다. 그렇기에 공짜라는 게 없다는 걸 잘 알았다.

"내가 야구에 재능이 좀 있나 봐."

영웅은 자세한 설명을 하지 않았다. 엄마나 누나는 야구에 대해 잘 모르기 때문이다.

그런 영웅을 보며 한혜선은 미안한 감정이 먼저 올라왔다.

'엄마가 부족해서……'

2년 전에도 할 수 있었던 걸 이제야 하게 됐다.

'미안해……'

마음속으로 사과를 하는 한혜선이었다. 하지만 겉으로는

미소를 지었다.

"우리 아들 축하해! 엄마가 경기할 때 응원 갈게!"

"아! 나두 갈래!"

"누나는 학교 가야 되잖아?"

"에이! 한 번 정도는 조퇴해도 괜찮아."

"그게 엄마 앞에서 할 소리니?"

가족의 밤은 화기애애한 대화 소리와 함께 깊어져 갔다.

3장
첫 번째 실전 경기

영웅은 잭과 함께 앉아 있었다.

"야구부에 들어가게 됐어요."

"그래."

마치 알고 있었다는 듯 대답하는 잭의 모습에 영웅이 그를 바라봤다.

"알고 있으셨어요?"

"그래."

"어떻게요?"

"네가 경험하는 건 나도 볼 수 있다."

처음 듣는 이야기였다.

"그동안 이야기하지 않았던 건 볼 수 없었기 때문이다."

"네?"

"자세한 건 모른다. 네가 너의 기억을 볼 수 있게 된 건 네가 야구부에 입단하기 위해 이번 일을 꾸미기 시작한 뒤부터였다."

"그렇군요."

영웅은 잭을 믿었다. 그렇기에 그의 말에 의심을 가지지 않았다.

인생을 바꿔준 남자다. 그런 사람을 의심할 정도로 영웅은 남을 불신하는 인간이 아니었다.

"그럼 이제부터 본격적으로 야구인의 삶을 살아가겠구나."

"네."

"지금처럼 열심히 훈련해라. 그럼 반드시 네 꿈을 이룰 수 있을 거다."

잭이 영웅의 머리를 헝클었다.

"오늘부터 우리와 함께하게 될 강영웅이다."

"잘 부탁드립니다!"

영웅이 힘차게 외쳤다.

예상했던 등장이지만 선수들이 수군거렸다. 하지만 놀라고 있을 새는 없었다.

"오전 훈련을 시작한다!"

장우성 코치의 외침과 함께 러닝이 시작됐다. 운동장을 도는 가벼운 몸풀기였다. 그렇다 하더라도 마지막이 되면 1, 2학년들은 호흡이 거칠어진다. 그러나 영웅은 아니었다. 호흡이 거칠어지기는커녕 가슴이 오르락내리락하는 모습도 보이지 않았다.

이후에도 체력 훈련 위주로 이어졌다.

마지막 훈련이 끝났을 때는 3학년들도 운동장에 널브러질 정도가 됐다.

"후우…… 후우……."

그러나 영웅은 조금 호흡이 거칠어졌을 뿐이었다. 다른 부원들이 영웅을 괴물 보듯 보는 이유였다.

'기초 체력은 탄탄하군.'

반면 김일중은 만족스러운 눈으로 영웅을 바라봤다.

강속구를 던진다고 해서 야구를 잘하는 건 아니었다. 그러나 기초 체력만큼은 합격선을 넘은 영웅이었다.

오후 훈련에서도 영웅은 좋은 모습을 연달아 보여주었다.

"흡!"

쐐액-!

영웅이 팔을 돌렸다. 바람이 갈라지는 소리와 동시에 몸이 옆으로 돌더니 1루로 전력질주를 했다.

그의 시선에 배터 박스에서 출발한 주자가 보였다. 맹렬한 속도로 달려오는 주자를 뒤로하고 시선을 1루수에게 향했다. 베이스에서 떨어진 채로 공을 들고 있던 1루수가 영웅에게 토스하듯 던졌다.

퍽-!

공을 포구함과 동시에 발로 베이스를 밟았다.

"좋아! 이주 잘했어!"

장우성의 칭찬이 뒤를 이었다. 1루 베이스 커버를 훈련을 함에 있어서도 영웅은 좋은 모습을 보여주었다.

해가 넘어가는 시점이 되자 훈련이 끝났다.
장우성은 김일중과 함께 오늘 있었던 훈련에 대해 회의를 진행했다.

"강영웅은 어때?"

"수비에서 약간 어색한 부분이 있습니다. 하지만 습득하는 속도가 매우 빠릅니다."

"이전에 누구한테 배운 걸까?"

"그럴 가능성이 높습니다. 하지만 단체 훈련은 처음인지 호흡을 맞추는 부분에서 어색한 모습이 자주 나옵니다. 시간이 지나면 해결될 부분으로 판단하고 있습니다."

영웅은 꿈의 그라운드에서 야구를 배웠다. 거기서 배운 것을 현실에서 훈련을 하며 자신의 것으로 만들었다. 하지만 수비 부분만큼은 혼자서 훈련을 하다 보니 어색한 부분이 나올 수밖에 없었다.

"실전에 내보낸다면 그게 문제가 될까?"

"벌써 실전에 쓰실 생각입니까?"

"대답부터."

"아, 예. 시기상 다르겠지만 큰 문제는 없을 것으로 판단됩니다."

"그렇군."

"그런데 실전이라고 하시면……?"

"이주 뒤, 대명중학교와 연습 경기가 잡혔다."

대명중학교. 한성중과 함께 지역에서 2강을 다투는 강호 중학교였다. 작년에는 자신들이 이겼지만 그 이전 해에는 대명중에 져서 전국 대회 진출이 좌절됐었다. 올해 역시 전국 대회 티켓을 놓고 싸울 게 확실시되는 학교였다.

"그날 강영웅을 선발 투수로 쓴다."

영웅의 데뷔전이 결정됐다.

한성중 운동장이 북적였다. 대명 중학교 야구부까지 왔기 때문이다. 게다가 이번 연습 경기를 보기 위해 인근의 고등학교 관계자들도 찾았다.

두 학교는 지역에서 가장 강한 곳이었다. 그러다 보니 매년 고등학교 관계자들이 자주 찾았다.

"오랜만에 그 넓적한 얼굴을 보니 반갑군."

"하하! 자네의 그 두툼한 메기 입술만 하겠나?"

한성중 김일중 감독과 대명중 김판석 감독이 악수를 나누며 살기를 내뿜었다.

"에휴, 두 분 또 시작이네."

"그러게 말이야."

"참, 오늘 경기 살살 부탁해."

"그래, 연습 경기에서 다치면 우리만 손해지."

반면 두 학교 학생들은 안부까지 물으며 꽤나 사이좋은 모습을 연출했다. 그들의 목표는 연습 경기에서의 승리가 아니었다. 고등학교 관계자들에게 좋은 모습을 보여 체육 특기생으로 뽑히는 거였다. 다만 두 감독이 저러는 건 개인사였다. 그렇기에 선수들도 대수롭지 않게 생각했다.

곧 인사가 끝나고 경기가 시작됐다. 어웨이인 대명중부터 공격을 시작했다.

빽-!

마운드에는 영웅이 서 있었다. 가볍게 연습 투구를 할 때마다 좋은 소리가 났다.

김판석 감독의 미간이 좁혀졌다.

"저놈은 누구야? 처음 보는 얼굴인데?"

"아까 우성이한테 들었는데 한 달 전에 입부한 녀석이랍니다."

"한 달 전에? 일중이 새끼가 미쳤군."

"그런데 대단한 놈이라더군요."

"고작 한 달 전에 입부한 녀석이 대단해 봤자지."

상식적으로 생각하면 그랬다. 하지만 그 상식이 깨지는 데에는 하나의 공이면 충분했다.

"흡-!"

쐐액-!

퍽-!

"스…… 스트라이크!"

심판마저 말을 더듬게 하는 구속이었다. 몸 쪽을 날카롭게 찌르는 제구력에 타자는 움직이지도 못했다.

"저게 한 달 전에 입부한 놈이라고?!"

"그, 그게……."

"대충 봐도 130이다! 그게 말이 돼?!"

코치가 입을 다물었다.

그사이 첫 번째 타자가 물러났다. 공을 치긴 했다. 그러나 구속에 짓눌렸다. 어정쩡한 스윙이 나왔고 결과는 2루수 앞 땅볼이었다.

"뭐 외국에서라도 데려왔나?"

간혹 그런 놈들이 있다. 조기 유학을 가서 야구를 하다 국내로 돌아와 프로를 노리는 이들 말이다.

"거기까지는 잘……."

"제길!"

한 방 제대로 맞았다.

'어쩐지 먼저 연습 경기를 요청하더라니.'

저런 투수가 있었으니 자신감이 넘쳤을 것이다. 하나 꼭 나쁜 것만은 아니었다.

"영상 촬영해."

"예."

코치가 스마트폰을 꺼냈다. 카메라 기능을 실행하고 투수를 찍기 시작했다.

'약점을 찾아내 주지.'

촬영을 시작한 건 대명중만이 아니었다. 고등학교 관계자들도 각자의 스마트폰과 카메라로 영웅을 촬영했다.

당연히 영웅도 볼 수 있었다.

'예상대로 되고 있다.'

이 모든 건 영웅의 시나리오였다. 정확히 이야기하면 페이지의 아이디어였다.

물론 페이지는 그저 자신의 무용담을 이야기해 준 것뿐이었다. 거기서 아이디어를 얻었다.

'쇼케이스는 관중이 많을수록 좋다.'

영웅의 목적은 프로가 되는 것이다. 그것을 위해서는 고등학교 야구부에 들어가야 했다.

문제는 운동부 특기생이 아닌 이상 야구부에 들어갈 수 없었다. 또한 전액 장학금까지 노리고 있었다. 그것을 위해서라면 강렬한 인상을 새겨야 했다.

"후우-!"

영웅이 깊은 숨을 내뱉었다. 모든 힘을 끌어모았다.

"차앗-!"

발을 내디딤과 동시에 허리를 회전시켰다. 하체에서 시작된 힘이 상체를 타고 손끝으로 이동했다.

기합 소리와 함께 손끝으로 공을 챘다.

쐐애애애액-!

뻐억-!

"스, 스트라이크!"

심판의 손이 올라갔다.

순간 정적이 흘렀다.

두 번째 본 한성중 벤치가 금세 소란스러워졌다.

"나이스!"

"공 좋다!"

적이라면 치가 떨릴 정도의 구속이다. 하지만 같은 편이라면? 이보다 든든한 투수는 없을 것이다.

그들의 외침에 김판석도 정신을 차릴 수 있었다.

"스…… 스피드건……."

"예?"

"스피드건 준비해! 방금 구속 얼마나 나왔는지 확인하라고!"

"예…… 예!"

코치가 급하게 스피드건을 꺼냈다.

관계자들 역시 급하게 스피드건을 챙겼다.

영웅은 그들의 열화와 같은 요청에 호응이라도 하듯 140㎞/h의 강속구를 연달아 뿌려댔다.

"흐앗!"

뻑-!

"보, 볼!"

"141㎞……."

"차앗!"

퍼엉-!

"스트라이크!"

"140㎞……."

"흡!"

후웅-!

삐억 !

"스트라이크! 배터 아웃!"

마지막 공에 타자의 배트가 헛돌았다. 그리고 관계자들은 스피드건에 찍힌 숫자를 의심했다.

"뭐야? 몇 나왔어?"

김판석의 질문에 코치가 더듬거리며 대답했다.

"1…… 126㎞ 나왔습니다."

"뭐?!"

최고 구속보다 무려 14㎞/h를 줄였다.

힘이 빠져서?

그럴 리가 없다. 고작 1회이고 두 명의 타자를 상대했다.

'설마 체인지업?'

공의 구속이 느려졌다는 것에 바로 든 생각이었다.

"방금 전 투구 장면 찍었지?"

"예."

"재생해 봐."

코치가 스피드건을 내려놓고 영상을 틀었다.

곧 영상이 재생됐다. 투구 동작에선 위화감이 없었다. 공의 궤적 역시 마찬가지였다. 그런데 구속만 줄였다.

"체인지업은 아닌 거 같은데요……?"

코치 역시 비슷한 생각을 한 것 같았다. 한데 답이 아니었다. 두 사람 모두 틀린 것이다. 김판석의 머리가 혼란스러워졌다.

'설마 저렇게 큰 구속 차이를 완급 조절로 던졌단 말이야?'

그것도 이제 중학교 3학년인 녀석이 말이다.

모든 관계자의 머릿속에 한 가지 생각이 떠올랐다.

'도대체 저 괴물은 뭐야?'

첫 연습 경기에서 영웅은 6이닝 무실점 2사사구 퍼펙트 피칭을 했다.

그리고 그날 밤. 유튜브에 하나의 영상이 떴다.

[140㎞/h를 던지는 괴물 중학생.]

그 영상의 주인공은 바로 강영웅이었다.

유튜브의 영상은 야구계에 큰 파장을 일으켰다.

-헐, 이게 사실임?

-스피드건 고장 난 거 아니야?

-RE : 영상이 하나만 있는 게 아니잖슴?

-어떻게 중딩이 140㎞를 던지냐?

-옆 나라 열도에는 146㎞를 던지는 애도 있음.

영상은 곧 입소문을 타기 시작했다.

인터넷의 파급력은 상상을 초월할 정도다.

야구팬들이 하나둘 영상을 다른 커뮤니티로 퍼다 날랐다.

야구는 한국에서 인기 있는 스포츠 중 하나다. 그런 종목에서 천재적인 플레이어가 등장했다는 건 이슈를 끌기에 충분했다.

동영상의 조회수는 날이 갈수록 높아졌다. 몇만 단위를 넘어 몇십만 단위까지 올라갔다.

"도대체 이 녀석 뭐야?"

전국의 고등학교 관계자들이 궁금해했다. 그래서 그의 다음 등판을 문의했다.

매일같이 쏟아지는 문의 전화에 결국 교장까지 나서게 됐다.

"김 감독님, 전국에서 강영웅 선수에 대한 문의가 빗발치고 있습니다."

"예, 알고 있습니다."

"하루라도 빨리 경기 일정을 잡아야지 않겠습니까?"

"하지만 스케줄이란 것이……."

"허허, 그 정도는 감독님께서 조절하실 수 있지 않습니까? 이렇게 이목을 끌고 있을 때 한 방을 더 터뜨려 줘야 제대로 홍보가 되잖습니까?"

"음……."

학교는 야구부를 그냥 운영하는 게 아니다. 더 많은 학생을 끌어들여 수익을 내기 위함이다. 당연히 학교의 이름이 사람들의 입에서 언급되는 걸 좋아했다. 물론 좋은 쪽으로 말이다.

"알겠습니다. 곧 연습 경기를 잡도록 하겠습니다."

그제야 교장의 입가에 흐뭇한 미소가 그려졌다.

"흡-!"

쐐액-!

뻐억-!

공이 미트에 박히는 순간, 옆에 있던 잭이 나섰다.

"팔의 각도가 틀어졌다. 다시."

"차앗-!"

뻐억-!

"이번에는 허리가 돌아가는 게 늦었다. 그렇게 되면 어깨
와 팔꿈치에 더 무리가 간다."

영웅이 공을 던질 때마다 잭은 자세를 교정했다. 그렇게
수십, 수백 번을 반복했다.

"매번 생각하는 거지만 너무 빡빡한 거 아니냐?"

캐처 박스에서 공을 받아주던 영이 일어나며 말했다.

"너처럼 팔이 쇠로 만들어졌다면 모를까 대부분의 사람
은 뼈와 근육으로 만들어져 있거든. 영웅이도 마찬가지고
말이야."

"내가 철완이긴 했지."

자신을 치켜세우자 영이 미소를 지었다.

잭의 설명이 이어졌다.

"정확한 자세는 부상을 방지하는 효과가 있다. 투수의 팔
에 무리가 가는 이유는 체력 저하로 인해 정확한 자세에서
피칭을 못 하기 때문이나."

"예."

"그래서 체력 훈련이 중요하다. 아무리 많은 공을 던지더라도 흔들리지 않을 체력이 있어야 해. 특히 자세를 받쳐 주는 기둥인 하체의 훈련은 더없이 중요해."

잭은 언제나 하체 훈련을 강조했다. 영웅은 그 의견을 받아들이고 매일같이 하체 운동을 했다. 운동기구가 필요 없는 스쿼트를 여러 자세에서 반복했다.

"정확한 자세로 공을 던져야 한다. 그것만큼 중요한 건 없어."

"아무리 지쳐도 말이죠?"

"그래."

웃으며 대답한 공을 건넸다.

"자, 다시 시작하자."

"옙!"

영웅이 다리를 차올렸다.

뻐억–!

곧 꿈의 그라운드에 경쾌한 소리가 울려 퍼졌다.

두 번째 실전 등판.

상대는 같은 지역의 영호 중학교였다. 작년 3위를 차지하면서 전국 대회 티켓을 손에 넣지 못했다. 그렇다고 무시할 순 없었다. 5년 전에 전국 대회 우승까지 차지했던 팀이다.

그 DNA는 분명 남아 있었다.

하지만 상대가 좋지 못했다.

뻐엉-!

"스트라이크! 아웃!"

영웅의 피칭에 번번이 타자들이 물러났다. 그 모습을 고등학교 관계자들이 지켜보고 있었다.

"최저 구속 125㎞에 최고 구속 142㎞라."

"엄청난 완급 조절이네요."

"저 정도의 녀석이 왜 공식전 기록이 없는 거지?"

"듣기로는 집안이 어려웠다 하더군요."

"그 집안, 저 녀석이 살리겠군."

대부분의 관계자가 같은 생각을 했다. 벌써 프로 팀에서도 군침을 흘리고 있었다. 녀석의 다음 행보가 중요해진 이유다.

현재 KBO의 드래프트는 지역 연고제를 선택하고 있다. 즉, 강영웅이 가는 고등학교의 지역에 따라 프로 팀도 결정된다는 소리였다.

'어떻게든 잡아야 된다.'

그렇기에 고등학교 관계자들은 눈을 빛내고 있었다.

프로 팀과 고등학교 야구부의 유착 관계는 매우 긴밀했다.

프로 팀에서는 매년 지역 고등학교에 큰돈을 기부한다. 몇 억 단위의 돈을 기부하기 때문에 무시할 수준이 아니었다. 또한 장비와 야구공 등 각종 물품도 기부를 한다.

지역 야구를 활성화시키기 위해서?

그런 의미도 있지만 속내는 너 좋은 신수를 갑이달라는 의

미였다.

학교 측에서도 나쁠 이유는 없었다. 프로 선수가 나오면 계약금과 연봉에서 일정 금액을 모교에 지불을 한다. 초중고 중에서 고등학교에 그 비율이 가장 높게 책정이 된다. 그렇기에 높은 운영비도 감당을 하는 것이었다.

영웅은 프로행이 거의 확실한 선수다. 당연히 잡아야 했다. 어떤 조건을 제안해서라도 말이다.

뻐억─!

"스트라이크! 아웃!"

영웅의 공이 미트에 박혔다. 140㎞/h라는 구속이 스피드 건에 찍혔다. 관계자들의 마음에 더욱 불을 지르는 영웅이었다.

3개월 뒤. 여름이 되자 영웅은 공식전에 모습을 드러냈다.

"저 녀석, 그사이에 키가 더 컸군."

"그러게요."

야구부에 입부할 당시만 해도 180㎝의 신장이던 영웅이다. 한데 지금은 그보다 컸다. 정확히는 183㎝였다. 성장기라고는 해도 하루가 다르게 키가 크고 있었다.

그러다 보니 인근 농구부에서 그에게 스카우트 제의를 하기도 했다. 하지만 영웅은 단칼에 거절했다. 자신이 가지고 있는 이점을 분명히 알고 있기 때문이다.

전설들의 가르침이 바로 그 이점이었다.

'설마 덴트 영이 사이 영이었다니.'

그 사실을 얼마 전에야 알게 되었다. 그것도 우연찮게 팀 동료들이 사이영상에 대해 이야기를 하는 걸 듣다 알게 됐다.

예상이긴 하지만 그곳에 있는 다른 사람들의 면면도 대단할 것이다.

그런 사람들의 가르침을 받고 있는 상황에서 다른 스포츠를 선택할 바보는 아니었다.

'한데 잭은 도대체 누굴까?'

영웅은 잭에 대한 정보도 찾았다. 자신을 꿈의 그라운드로 인도해 준 인물이니 궁금했다. 하지만 어디서도 그를 찾을 수 없었다.

메이저리그 공식 사이트는 대부분의 선수의 자료를 가지고 있었다. 그러나 찾을 수 없었다.

'꼭 대단한 선수가 아니더라도 그곳에 들어갈 수 있는 걸까?'

자신도 그곳에 있는 모든 선수와 대화를 하지 못했다. 무시를 당한다는 게 정확한 표현이었다. 그들은 영웅이 훈련을 하든 말든 자신들의 일에 집중했다. 간혹 자신을 놀리거나 호기심을 보이는 이들도 있었다. 페이지처럼 말이다. 그러나 대부분은 자신에게 관심을 두지 않았다.

'쩝, 너무 복잡하게 생각하지 말자.'

지금은 경기에 집중해야 될 때였다

전국 소년 체육 대회.

영웅이 데뷔하게 될 첫 번째 공식전이었다.

중학 야구의 관중은 대부분 학부모였다. 특히 공식전이 있는 날에는 학부모회에서 단체로 경기 관전을 나선다.

한혜선과 강수정도 그들과 함께 경기장을 찾았다.

"후우~!"

"엄마, 웬 한숨을 그렇게 쉬어?"

"모르겠다. 왜 이렇게 긴장되지? 넌 괜찮니?"

"내가 공 던지나? 영웅이가 던지지."

"휴우…… 그래서 더 긴장되나 보다."

연신 숨을 몰아쉬는 엄마를 보며 수정은 고개를 저었다.

곧 경기장에 선수들이 들어섰다.

"저기 영웅이다!"

"어디? 어디?"

방금 전까지 긴장하던 한혜선이 카메라를 들었다. 그러고는 영웅을 향해 연신 셔터를 눌러댔다.

'하여간 아들 바보라니까.'

아들의 첫 선발 등판을 찍기 위해 직장 동료에게 카메라까지 빌려온 한혜선이었다.

"어머, 그거 디카예요?"

그때 옆에 앉아 있던 여인이 물었다.

세련된 옷차림과 선글라스, 그리고 명품 백을 허벅지에 올린 그녀의 손에는 최고급 DSLR 카메라가 들려 있었다.

"네?"

"그런 디카보다 스마트폰이 잘 찍히지 않아요?"

"아…… 전 스마트폰이 아니라서……."

"요즘 세상에 스마트폰 안 쓰는 사람도 있어요?"

"정말요?"

"어머, 그럼 무슨 핸드폰 써요?"

　주변의 아줌마들이 하나둘 관심을 보였다. 대부분이 신기한 동물을 보듯 한혜선을 바라봤다. 자리가 불편했다.

"이야기 들어보니 강영웅 선수 어머님 되신다고요?"

　처음 이야기를 꺼냈던 여인이 화제를 돌렸다.

"네, 저기 마운드에 있는 아이가……."

"누군가 했더니 이번에 공짜로 야구를 하게 된 아이네요?"

"공짜요?"

"아니, 누구는 비싼 돈 들여가면서 야구를 하는데 누구는 공짜라니 그게 말이 되나요?"

"너무하네."

　순식간에 분위기가 나빠졌다. 직접적으로 말하지 않아도 자신에 대한 적대감이란 걸 깨달은 한혜선의 표정이 어두워졌다.

　그 모습에 강수정의 인내심이 점점 한계에 달했다. 어른스럽다 해도 고등학생인 그녀다. 인내심의 한계는 그리 깊지 못했다.

막 폭발하려는 순간.

"자자, 그만들 합시다."

묵직한 목소리가 들려왔다.

사람들의 시선이 깔끔한 인상의 남자에게 향했다. 누군지는 강수정도 알고 있었다. 학부모회의 회장을 맡고 있는 정강민이었다.

"이번 일에 대해서는 학교 측에서도 양해를 구해왔고 또 그만한 실력이 있는 선수니 이해를 하고 넘어가죠."

"아니, 그래도 우리는 등골 빠지게 회비를 내는데……."

"맞아요. 이건 차별이에요."

"아무리 실력이 있다 해도 어차피 같은 중학생 아닌가요?"

"분명 뭔가 뒷거래가 있을 거예요!"

아줌마들의 공세에 정강민도 진땀을 뺐다. 점점 분위기가 가열됐다.

강수정은 어린 마음에 눈가에 눈물이 핑 돌았다.

'우리가 뭘 그렇게 잘못했다고!'

덥석—!

고개를 떨어뜨리고 있던 그녀의 눈에 자신의 손을 잡는 익숙한 손이 보였다.

'엄마……?'

강수정이 고개를 살짝 들어 한혜선을 바라봤다. 방금 전까지 굳어 있던 그녀는 어느덧 고개를 꼿꼿이 든 채 경기장을 바라보고 있었다. 더 이상 두려워하거나 주변의 눈치를 살피는 모습은 없었다.

'우리는 잘못한 게 없어.'

직접 말하진 않았지만 그렇게 이야기하는 것 같았다.

주변에서 뭐라 시끄럽게 떠들어도 한혜선은 흔들림 없이 경기장을 주시했다. 아이 둘을 혼자 키운 강인한 여성이다. 잘못한 게 없는 상황에서 주눅이 들 필요는 없었다. 자신이 주눅이 든다는 건 잘못을 인정한다는 것과 다름없었으니 말이다.

뻐엉-!

그때 마운드 위의 영웅이 연습 투구를 시작했다. 초구부터 묵직한 공을 던졌다.

"와~"

"연습 투구인데도 묵직함이 살아 있네."

"역시 대단한 놈이라니까."

가까운 위치에 앉아 있던 고등학교 관계자들이 감탄을 터뜨렸다.

"저러니까 벌써 프로 팀에서 탐을 내기 시작하지."

"그러게 말이야. 중학 야구에 프로 팀 스카우터들이 오는 게 얼마만이야?"

프로라는 이야기가 나오자 아줌마들의 눈이 빛났다. 그들의 시야에 스포츠 선글라스를 쓴 남자들이 들어왔다. 고등학교 관계자들과는 또 다른 분위기를 풍겼다.

후웅-!

뻐엉-!

공이 미트에 박힐 때마다 소란도 가라앉았다.

여자들이라고는 해도 자식들 뒷바라지를 하면서 오랜 기간 야구를 봐온 그녀들이다. 그렇기에 알 수 있었다. 영웅의 공이 대단하다는 걸 말이다. 하지만 아직 오프닝에 불과했다.

연습 투구가 끝나고 타자가 타석에 들어섰다.

안내 방송이 나오고 구심이 경기 시작을 알렸다.

"플레이볼!"

"후우……."

사인을 교환한 영웅이 피처 플레이트를 밟았다.

좌악-!

다리를 차올린 영웅이 발을 내디디며 투구를 시작했다.

"차앗-!"

팔이 허공을 갈랐다.

쐐애애액-!

엄청난 속도로 날아간 공이 그대로 미트에 꽂혔다.

뻐엉-!

"스트라이크!"

"헐……."

타석의 타자가 어이없다는 반응을 보였다.

"끌끌, 대단하지?"

마스크를 쓴 정대성이 웃으며 물었다. 자신도 처음 봤을 때 믿기지 않는 공이었다.

이 공을 받느라 얼마나 고생했었던가!

"잡담 금지!"

구심이 구두 경고를 내렸다. 중학 야구도 엄연한 학업의 연장이기에 예의를 무척이나 따진다.

그러거나 말거나 영웅은 2구를 뿌렸다.

뻐엉–!

후웅–!

이번에는 타자가 배트를 돌렸지만 늦었다. 공이 미트에 꽂힌 뒤에야 배트가 허공을 갈랐다.

"스트라이크! 투!"

스트라이크 카운트에 하나둘 불이 켜졌다. 그 모습을 지켜보던 정강민이 말했다.

"경기도 시작했으니 이제 그만 경기에 집중하도록 하죠. 어쨌든 강영웅 선수 덕분에 고등학교 관계자들이나 프로 팀 스카우터들도 경기장을 찾았으니 좋은 일 아닙니까?"

"그거야 뭐……."

대부분이 수긍을 했다.

전국 대회이니 고등학교 관계자들이 찾는 건 당연했다.

그러나 이 정도로 많은 숫자의 관계자가 야구장을 찾는 건 이례적이었다. 게다가 프로 팀 스카우터들까지 왔다.

그들에게 자식들의 플레이를 보게 하는 것이 얼마나 힘든지 잘 알았다. 오히려 영웅에게 고마워해야 될 부분이었다.

처음 시비를 걸었던 학부모는 여전히 불만스러운 표정이었지만 여론이 뒤집혔다는 걸 깨달았는지 조용했다.

'휘유…… 아줌마들 상대하는 건 정말 힘들다니까.'

그제야 정강민은 속으로 한숨을 내쉬었다. 야구에 나름 지식이 있어 회장을 맡고 있지만 이런 일들이 있을 때마다 진이 빠졌다.

'그나저나 대단한 여자네.'

정강민의 시선이 한혜선에게 향했다.

처음 봤을 때는 청순한 외모에 연약해 보이는 이미지였다. 한데 이 많은 아줌마들의 공세에도 꿋꿋하게 견뎌내는 모습이 대단하게 느껴졌다.

뻐엉-!

"스트라이크! 배터 아웃!"

'그 엄마에 자식이고.'

아들에게 들었던 것보다 더 대단한 공을 던져 대는 영웅의 모습에 고개가 저어졌다.

'저런 대단한 녀석이랑 배터리를 맺었으니 우리 대성이도 한 단계 발전하겠지!'

정강민의 시선이 아들 대성이에게로 향했다.

어느덧 그의 입가에도 아빠의 흐뭇한 미소가 그려졌다.

7이닝 무실점 2피안타 2볼넷.

영웅의 전국 대회 첫 성적이었다.

나쁘지 않았다. 팀도 승리를 했다. 감독님의 칭찬은 덤이었다. 그래서 잭도 칭찬을 해줄 것이라 생각했다.

기대를 품고 잠에 들었다. 그리고 꿈의 그라운드에서 눈을 떴다.

"잘 던졌다."

잭은 예상대로 칭찬을 해줬다. 기분이 좋았다. 하지만 짧은 행복이었다.

"6회에서의 투구 내용만 빼면 말이다."

"6회라면……."

자신도 안다.

1개의 피안타, 그리고 2개의 볼넷. 즉, 주자 만루가 된 것이다.

"어떤 투수라도 안타를 맞지 않을 수 없다. 안타는 반드시 나오게 되어 있어. 하지만 그 다음이 중요하다."

"그다음이요?"

"그래, 주자가 생기면서 정신이 분산이 됐고 그로 인해 제구력이 흔들리기 시작한 것이다."

잭은 정확한 이유를 간파하고 있었다.

"그래서 오늘부터 훈련에는 조금 특별한 도움을 받기로 했다."

"도움이라면……."

"헤이, 타이 콥!"

배트를 쥐고 있던 남자가 이쪽을 바라본다. 큰 키의 백인 남자였다.

"잠깐 좀 도와주겠어?"

"뭘 말이지?"

"영웅이 주자가 있는 상황에서 피칭이 흔들려서 말이지.

주자 역할을……."

"거절한다."

말이 끊긴 잭이 작게 한숨을 토했다. 타이 콥의 성격을 간과했다.

"도와주세요!"

그때 영웅이 나섰다.

"싫다."

다시 한번 냉정하게 거절했다.

"제발 부탁드려요!"

하지만 영웅은 끈질겼다. 초등학생 때부터 끈기 하나는 대단했다. 100개의 공을 찾아오라는 무리한 미션을 내릴 정도였으니 말이다. 그리고 한 달 동안이나 그것에 매달린 영웅이었다.

그 끈기는 나이가 들었다고 어디 가는 건 아니었다.

결국 타이 콥이 폭발했다.

"뭐 이런 거머리 같은 놈이 다 있어!"

"도와주실 때까지 포기 안 할 거예요!"

"하아……."

때릴 수도 없었다. 여기서 때려봐야 아픈 것도 아니다. 그때 꾀를 내었다.

"좋아, 도와주지."

"정말입……!"

"단, 네가 나한테서 아웃 카운트를 잡아내면 도와주겠다."

불가능한 임무였다.

타이 콥이 누군가? 메이저리그 타격왕 11회에 빛나는 최고의 타자다. 역사상 최고의 타자라고 부르는 이들도 있었다. 또한 무려 3번이나 4할 타율을 마크했었다.

그런 타자에게서 중학생이 아웃 카운트를 잡아낸다?

불가능한 일이었다.

딱—!

초구를 그대로 때려 공을 외야로 날렸다. 좌중간을 가르는 완벽한 타구였다.

"이걸로 끝이다."

타석을 물러나며 타이 콥이 말했다. 하지만 그건 그의 생각일 뿐이었다.

다음 날.

"다시 승부해요!"

꿈의 그라운드를 찾은 영웅이 곧장 타이 콥을 찾았다.

"내기는 내가 이겼다."

"한 번이라고는 이야기하지 않았잖아요."

"클클, 그건 그렇군."

벤치 반대쪽에 앉아 있던 남자가 말했다. 거구의 사내는 순박한 얼굴을 하고 있었다. 눈 끝이 처져 있는 게 특징이었다.

시선이 자신에게 몰리자 남자가 콥을 향해 말했다.

"왜 저 애송이한테 기회를 주지 않는 거지?"

"귀찮으니까."

"사실은 아웃을 당할까 봐 그러는 거 아니야?"

"뭐?"

콥의 눈에 불꽃이 튀었다. 누가 보더라도 시비였다. 하지만 사내는 어깨를 가볍게 올리는 제스처를 취했다.

"어차피 공 1개를 상대하는 일이다. 그게 그렇게 귀찮은 일인가? 난 그것보다 저 꼬마 녀석의 끈질긴 구애를 견디는 게 더 귀찮을 거 같은데."

사내의 입가가 올라갔다.

"만약 네가 아웃을 당하는 게 두렵지 않다면 말이지."

"베이브!"

거구의 사내. 그의 이름은 조지 허먼 루스. 주니어.

본명보다는 베이브 루스라는 별명으로 더 유명한 메이저리그 전설의 홈런왕이었다.

메이저리그를 대표하는 홈런 타자.

메이저리그를 대표하는 교타자.

사이가 좋지 않은 건 당연한 일이었다.

일례로 타이 콥 생전, 한 기자가 베이브 루스의 파워에 대해 언급하자 그날 경기에서 3개의 홈런을 때려냈다. 다음 날에도 2개의 홈런을 때리고 말이다.

그가 얼마나 루스를 신경 썼는지 알 수 있는 일화다. 말년에는 사이가 좋아졌다지만 이곳에 와서 두 사람은 다시 견원지간이 됐다.

능글맞은 루스의 표정에 콥이 방망이를 들었다.

"던져라!"

"네!"

뭐가 어찌 됐건 영웅에겐 좋은 일이었다. 한달음에 마운드로 달려갔다.

콥은 루스를 한 번 노려본 뒤 타석에 들어섰다. 홀로 남게 된 루스가 슬쩍 뒤를 바라보며 말했다.

"이 정도면 됐나?"

"고맙다."

더그아웃의 문을 열고 잭이 나왔다. 그의 말에 루스는 별 거 아니라는 듯 미소를 지었다.

따악-!

그 순간 경쾌한 소리가 들려왔다.

"이번에도 초구에 얻어맞았군."

좌절하는 영웅과 대수롭지 않은 콥의 표정이 대조적이었다.

"정말 저 애송이가 콥을 잡을 거라 생각하나?"

"당장은 무리겠지."

"내가 봤을 땐 백만 년은 무리다."

"과연 그럴까?"

잭의 말에 루스가 그를 쳐다봤다.

잭의 입가에 묘한 미소가 그려졌다.

"흡-!"

쐐액-!

퍽ㅡ!

"스트라이크! 배터 아웃!"

삼진 아웃을 당한 타자가 아쉬움에 타석에서 한참을 머물렀다. 아쉬울 만도 했다.

주자 2루.

6이닝 만에 처음으로 잡은 득점권 찬스였다. 게다가 4번 타자다. 응원하는 모든 이가 득점을 원할 상황이었다.

"영웅이 녀석, 제구력이 한층 더 날카로워졌는데요?"

"그러게 말이야."

김일중 감독의 고개가 끄덕여졌다.

"첫 경기에서 주자가 나갔을 때 제구가 흔들려서 걱정했는데, 기우였나 보군."

김일중 역시 그 부분을 체크했었다. 그런데 며칠 만에 흔들리던 제구가 잡혔다. 주자가 나가도 신경 쓰지 않고 자신의 투구를 하고 있었다.

'신기한 놈이라니까.'

알면 알수록 신기한 강영웅이었다.

영웅과 콥의 대결은 여름 내내 이어졌다.

두 사람의 대결은 이제 꿈의 그라운드에 하나의 볼거리가 됐다.

"오늘도 초구에 맞겠지?"

"그렇겠지."

두 사람의 대결은 얼추 3개월이 지났다.

즉, 90번의 맞대결이 있었다. 그중에서 영웅이 2개의 공을 던진 일은 없었다. 콥은 어떤 공을 던지더라도 안타를 때려 냈다. 심지어는 스트라이크존을 벗어나는 공도 말이다.

'느린 공은 어림도 없다. 최고 구속으로 단번에 잡아내 야 돼.'

콥과의 대결을 치르면서 느낀 것이다.

느린공은 마치 기다렸다는 듯 때리지만 빠른 공에는 간혹 배트가 밀리거나 어중간한 코스로 날아가는 일이 있었다.

고작 한두 번이긴 하지만 노려볼 만했다.

"후우……."

영웅이 호흡을 뱉었다.

"차앗-!"

차올린 발을 내디디며 모든 힘을 끌어모았다. 전력을 다한 피칭이었다.

"흡!"

쐐애애액-!

손끝이 찌릿할 정도로 강하게 공을 뿌렸다.

맹렬한 회전을 하는 공이 빠른 속도로 영의 미트를 향해 날아갔다.

그 순간 콥의 배트가 돌았다. 허리 위치에서 배트가 회전 하며 정확히 공을 노렸다.

딱-!

좌아앗–!

배트는 공의 밑을 때렸다. 포수의 머리 위로 날아간 공이 그물망을 흔들었다. 처음으로 나온 파울이었다.

"아자!"

마운드에서 위에서 영웅의 환호성이 터져 나왔다.

그 모습을 지켜보는 더그아웃의 선수들이 술렁였다.

"어이, 진짜냐?"

"파울이라고?"

"콥! 너무 방심한 거 아니야?!"

몇몇 이는 콥이 방심했다고 생각했다.

하지만 콥의 표정은 매우 심각했다.

"애송이, 고작 스트라이크 카운트 하나 올라갔을 뿐이다."

"예!"

콥의 말에 영웅이 2구를 던졌다.

그리고.

딱–!

경쾌한 소리와 함께 공이 원바운드로 펜스를 때렸다.

"푸하하! 그럼 그렇지."

더그아웃에서 웃음이 터져 나왔다. 하지만 콥은 진지한 얼굴로 타석에서 물러났다. 그러고는 곧장 잭에게 다가갔다.

"한 방 먹었네."

"잭, 넌 알고 있었냐?"

"뭘?"

잭은 능글맞은 웃음을 지었다. 마치 루스처럼 말이다.

"망할 놈."

그 말을 끝으로 콥이 그를 지나쳤다. 뭔가 불만족스러운 표정이었다. 하나 잭은 만족스러웠다.

'드디어 개화하기 시작했군.'

그의 시선이 마운드 위에서 팔을 돌리고 있는 영웅에게 향했다.

2개의 전국 대회 우승.

여름이 끝나갈 무렵 한성중이 차지한 타이틀이었다. 각 대회에서의 최우수 투수상과 최우수 선수상은 한 명에게 돌아갔다.

바로 영웅이었다.

전국 대회를 화려하게 치른 영웅에게 전국의 고등학교들이 이목을 집중했다. 그리고 여름이 끝나자 본격적으로 움직였다.

"광주 제일고에서 왔습니다."

"선우 고등학교에서 왔습니다."

매일같이 명문고에서 사람을 보냈다. 한혜선의 지갑은 그들의 명함으로 금방 빵빵해졌다. 하나같이 온갖 감언이설로 한혜선을 유혹했다.

"저희 학교는 전국의 고등학교들 중 가장 많은 프로 선수를 배출했습니다. 오랜 역사와 정통 그리고 경험이 있기에 강영웅 군이 프로가 되기까지 최고의 지원을 해드릴 수 있습니다."

하나 대부분의 이야기가 뜬구름 잡는 소리였다. 정확히 어떤 지원을 해줄 것인지에 대한 이야기가 없었다. 하지만 한혜선은 모든 이야기를 영웅과 공유했다.

"오늘은 선우 고등학교에서 사람이 찾아왔었어."

"선우고요?"

"응, 알아보니 전국 대회에 자주 나가던 고등학교더구나."

"네, 아주 유명해요."

한혜선이 조건을 이야기해 주었다. 나쁜 조건은 아니었다.

1년 장학금. 하지만 그렇게 썩 좋은 조건도 아니었다. 또한 선우고 같은 명문고에 가게 되면 문제도 있었다.

'혹사를 조심해야 돼.'

한국 아마추어 야구계는 혹사 논란에서 자유롭지 못했다. 영웅은 거기까지 생각하고 있었다.

'목표는 프로다. 고교 야구에서 부상을 입으면 프로행에 문제가 생길 가능성이 높아.'

또 조건도 아직 구미가 당기는 곳이 없었다.

'3년 장학금을 받고 가야 엄마의 부담을 덜게 해줄 수 있어.'

고교 야구는 중학 야구보다 더 많은 돈이 든다. 아무리 아낀다 해도 영웅의 가정에는 부담이 될 수밖에 없었다. 그것을 아끼기 위해서는 학교의 지원이 필수였다.

'강호 고등학교보다는 중소 고등학교의 제안을 들어보는

게 우선이다.'

예상대로였다. 강호 고교들의 러시가 끝나자 마치 약속이라도 했다는 듯 중상위권 고등학교들의 스카우트 제의가 들어왔다.

조건은 더 좋았다. 2년 이상의 장학금을 제시했다. 영웅이 원하는 대로 3년까지 장학금을 제시하는 곳들도 있었다. 조건은 맞았지만 어떤 곳을 택할지가 문제였다.

훈련을 하면서 짬이 날 때마다 컴퓨터를 통해 정보를 모았다. 각종 사이트와 카페에 가입했다. 학부모들이 모여 운영하는 카페도 있었다. 그런 곳에서 여러 정보를 모았다.

그러던 도중 감독님의 호출이 있었다.

"앉아라."

"옙."

야구부실에는 영웅과 김일중 둘뿐이었다. 애제자인 장우성도 없는 이런 자리는 처음이었다.

"요즘 스카우트 제의를 많이 받고 있지?"

"네, 좋게 봐주셔서 그런지 제의가 많이 들어오고 있습니다."

"실력이 좋은 거지. 그래, 마음은 정했냐?"

"아직입니다."

"오호, 그래?"

김일중의 눈에 이채가 어렸다. 제의가 들어가기 시작한 지는 이미 꽤 됐다. 그 내용들도 대략적으로 알고 있었다. 자신에게도 좋게 이야기해 달라며 청탁을 요청해 온 자들이 꽤 있었으니 말이다.

"예, 한 번에 너무 많은 제의가 들어오니 선뜻 선택하기가 어려웠습니다."

"그렇군. 이왕이면 네 의견을 강하게 이야기할 수 있는 곳으로 가는 게 좋다."

김일중이 본론을 꺼냈다. 영웅은 이야기를 경청했다.

"너도 알겠지만 고등학교에 넘어가면서부터 혹사라고 부를 만큼 많은 공을 던지게 된다. 그런 경우 몸에 무리가 가면서 부상으로 이어지는 케이스도 많다. 그런 경우를 조심해야 돼."

김일중의 설명이 이어졌다. 대부분 영웅의 생각과 일치했다.

이야기를 이어가는 김일중의 모습에서 왠지 모르게 잭의 모습이 겹쳐 보였다. 곧 그가 자신을 진심으로 걱정한다는 걸 깨달았다.

"아직 만나보지 않았다면 여기 학교 관계자도 만나봐라."

한 장의 명함을 건네받았다. 거기에는 대명 고등학교라고 적혀 있었다.

"대명고 야구부는 약하다. 하지만 네가 굳이 전국 대회에 나갈 필요는 없다고 본다."

꽤 파격적인 말이었다.

"어차피 네 이름은 프로 팀 관계자들에게 각인이 됐다. 네가 해야 될 건 간혹 그들에게 실력을 보여주는 것이다. 굳이 전국 대회에 나가 불필요한 소모를 당할 필요는 없다."

단언하는 그의 목소리에 힘이 들어갔다.

틀린 말도 아니었다. 고등학교 전국 대회는 프로 입장에서 보면 큰 대회도 아니었다. 우승을 하면 좋겠지만 못 해도 상관없다.

실제 프로 선수들 중 고등학교 전국 대회에서 우승해 보지 못한 선수가 더 많다.

"그렇다고 대명고 야구부가 안 좋다는 이야긴 아니다. 단지 전국 대회라는 것에서 한발 물러나 있다 보니 경쟁이나 훈련이 다른 곳들보다는 약한 편이다."

"그렇군요."

"그리고 그 학교 이사장이 야구광이다. 그래서 성적이 나오지 않더라도 야구부에 지원은 여전히 좋은 편이다."

이런 부분은 야구 관계자가 아니면 모를 이야기다.

"감사합니다."

"감사는 무슨, 스승 된 입장에서 당연히 해줘야 될 조언이지."

영웅의 입가에 미소가 그려졌다.

잭, 영, 그리고 김일중까지.

스승을 잘 만났다는 생각이 들었다.

실제로 김일중은 전국 대회에서 영웅을 무리시키지 않았다. 투구 수를 철저히 관리하면서 등판을 시켰다. 덕분에 다른 선수들도 자주 마운드에 오를 수 있었다. 그러다 보니 학부모들의 반발도 줄었다.

팀은 이기고 자기 자식들은 경기에 나갈 수 있으니 오히려 좋은 일이었다. 김일중은 단지 앞만 보는 지도자가 아니었다. 선수의 미래까지 볼 수 있는 그런 지도자였다.

김일중의 배려로 영웅은 한혜선과 함께 대명고 관계자를 만날 수 있었다.

다른 학교들은 대부분 코치가 왔었다. 하지만 대명고는 감독과 코치, 그리고 이사장이 함께 찾아왔다.

"하하! 내가 야구를 정말 좋아해서 강영웅 선수를 꼭 만나고 싶어서 감독님께 특별히 부탁했네."

이사장이 호탕하게 웃으며 말했다.

"강영웅 선수의 어머님이시군요?"

"네, 한혜선이라고 합니……."

"정말 대단하십니다! 강영웅 선수는 앞으로 우리나라, 아니, 메이저리그까지 진출할 수 있는 선수입니다. 그런 선수를 홀로 키우셨다니 정말 대단하십니다!"

이사장의 적극적인 태도에 한혜선이 당황해하는 모습이었다. 하나 영웅은 다른 곳에 집중이 됐다.

'메이저리그……?'

지금까지 한 번도 생각해 본 적이 없었다.

영웅의 목표는 프로가 되는 것이었다. 그렇기에 메이저리그에서 뛰어보고 싶다는 생각을 해본 적이 없었다.

"이사장님, 인사는 그쯤하고 자리에 앉아서 이야기를 하시죠."

"아, 이거 참. 제가 너무 흥분했군요."

대명고 감독 이상우의 말에 장내가 정리가 되는 분위기였다. 하지만 영웅의 머릿속은 여전히 복잡했다.

'그 사람들이 뛰었던 메이저리그⋯⋯.'

꿈의 그라운드에서 만났던 선수들. 그들이 뛰었던 곳에서 야구를 한다는 생각을 하자 소름이 돋았다.

'할 수 있을까?'

이내 영웅은 상념을 깼다.

'지금은 그런 걸 생각할 때가 아니야.'

우선해야 될 건 자신의 고등학교 진학에 대한 협상이었다. 그 뒤에 생각해도 된다.

영웅은 메이저리그에 대해 생각을 접었다. 하지만 그의 가슴 한 곳에는 메이저리그란 단어가 남아 있었다.

4장
고등학교에 들어가다

미팅이 끝나고 집에 돌아온 영웅은 한혜선과 함께 많은 의견을 주고받았다.

"엄마는 대명고를 좋게 봤어. 하지만 우리 아들의 의견이 가장 중요해. 알지?"

"네."

대명고의 조건은 매우 좋았다.

3년 전액 장학금. 전지훈련비와 대회비 등 모든 훈련 비용 면제였다. 게다가 야구 용품의 지원도 약속했다. 이 정도면 학교 측에서 할 수 있는 모든 지원을 해준다는 소리였다. 하지만 영웅은 바로 결정을 내리지 못했다. 미팅이 끝나자 다시 메이저리그에 대한 생각이 그를 사로잡았기 때문이다.

"늦었다. 이제 자자."

"네, 안녕히 주무세요."

영웅은 방을 혼자 썼다. 정확히 말하면 주방 옆에 있는 작은 창고였다. 그곳을 깨끗하게 치우고 영웅 혼자 쓰고 있었다. 예전에야 엄마 누나와 함께 잤다지만 지금은 그럴 수 없었다.

영웅이 방에 눕자 꽉 차는 느낌이었다.

'키가 더 컸나?'

한성중은 기숙사 제도를 운영 중이다. 그래서 이런 느낌은 오랜만이었다. 마지막으로 집에서 잤을 때만 해도 이 정도까진 아니었다.

'후우…… 일단 자자.'

영웅은 눈을 감았다. 얼마 지나지 않아 방 안에 고른 호흡 소리만이 들려왔다.

"후우…… ."

심호흡과 함께 영웅이 초구를 뿌렸다.

"흡!"

쐐애애액—!

빠르게 날아간 공에 타이 콥의 배트가 돌았다.

딱—!

정확한 타격이었다. 외야를 넘어 담장까지 그대로 넘어갔다.

그 순간, 타이 콥의 질타가 날아왔다.

"이따위 공이나 던지고, 나랑 장난하는 거냐?!"

타이 콥이 신경질적으로 몸을 돌렸다.

"다음에도 이런 공을 던지면 그 순간 끝이다."

그러고는 더그아웃으로 들어갔다.

마운드 위의 영웅은 풀이 죽었다.

"오늘 컨디션이 별로구나?"

"잭⋯⋯."

"잠깐 쉴까?"

영웅이 고개를 끄덕였다. 두 사람은 더그아웃의 벤치에 앉았다. 곧 비어 있는 그라운드로 선수들이 쏟아졌다.

포지션을 결정하고 곧 경기가 시작됐다. 화려한 플레이들이 연달아 나왔다. 마운드 위의 사이 영은 강속구를 연달아 뿌려댔다. 사이클론이라는 별명에 걸맞은 속도였다.

따악-!

딱-!

그런 공을 또 쉽게 쳐 내는 타자들.

물론 안타가 되는 건 별개였다.

수비들이 하나같이 진기명기에 가까운 능력으로 공들을 캐치해 냈다.

'정말 대단해.'

"대단하지?"

속마음을 읽기라도 한 걸까? 잭이 물었다.

"네, 다들 정말 대단한 거 같아요. 메이저리그 선수들은 선부 서런 플레이를 하는 껀가요?"

"저들이 조금 특별하긴 하지만 메이저리그에서는 기상천외한 플레이들이 나오지."

"그렇군요."

"메이저리그에 관심이 생긴 거니?"

영웅이 고개를 끄덕였다.

"네. 잭 아저씨, 그리고 사이 영, 타이 콥, 베이브 루스까지. 다들 뛰었던 메이저리그라는 곳에 관심이 생겼어요."

속마음을 숨기지 않았다. 이사장에게 들은 이후 머릿속에서 떠나지 않았다.

"이제 분명히 알겠어요."

"응?"

"전 아저씨들이 뛰었던 메이저리그에서 야구를 하고 싶습니다."

"아직 시간은 길다. 조금 더 차분하게 생각을 해보는 게 좋아."

"왜요?"

잭은 차분히 설명을 해주었다.

"일단 문화적인 차이가 있다. 한국과 미국의 문화는 완전히 달라. 거기에 적응하는 게 어려울 수 있지."

"하지만 아저씨들과는 잘 지냈잖아요?"

"우리들은 전 세계의 문화를 경험할 수 있었다. 바로 이곳에서 말이지. 또한 이곳에서는 생활을 하는 게 아니잖아? 직접 살을 맞대고 생활하다 보면 차이를 느낄 수 있을 거다."

그리고 가장 걱정되는 게 있었다.

"생각을 해봤는지 모르겠지만 네가 미국에 가게 되면 어머니나 누나와 헤어지게 될 거다."

"아……."

미국은 멀다. 비행기를 타고 가더라도 12시간이 넘게 걸린다.

"같이 갈 수도 있겠지만 많이 힘들 거다."

각자의 생활이란 게 있다. 엄마는 모르겠지만 누나는 자신만의 꿈을 위해 움직이고 있었다. 매일 밤늦게까지 아르바이트를 하면서 공부를 했다. 그런 누나에게 자신을 위해 같이 미국에 가자는 건 이기적이었다.

가족은 영웅에게 있어 버팀목이었다. 야구를 하게 된 계기도 가족과 더 좋은 삶을 살기 위해서였다.

두 가지의 꿈이 생겼다. 서로 상반된 것이었다.

혼란해하는 영웅을 보며 잭이 말했다.

"아직 시간은 여유가 있다. 당장은 눈앞에 있는 것들부터 해결하자."

"……네."

영웅의 중학 시절은 바쁘게 지나갔다. 매일같이 훈련을 하면서 동시에 고교 관계자들을 만났다. 대명고의 조건이 좋다고는 해도 바로 결정을 내릴 순 없었다. 차분하게 다른 곳들과의 조건을 비교했다.

'역시 대명고가 가장 조건이 좋다.'

최종적으로 내린 판단이었다. 판단을 내린 데에는 감독과
의 대면도 많은 영향을 끼쳤다.

첫 만남에서 그는 이런 말을 했다.

"변화구를 던지지 않은 건 탁월한 선택이다. 스승이 누군지 꼭 한번
만나보고 싶구나."

한때 영웅도 변화구를 던지고 싶었다. 하지만 잭이 못 하
게 했다. 무리한 움직임이 동반되는 변화구를 어릴 때부터
던지면 부상 위험이 높다는 이유에서였다.

감독은 그 사실을 정확히 간파하고 있었다. 그 외에도
많은 대화를 나누었다. 이야기를 할수록 왠지 잭과 겹쳐
보였다.

결정적인 건 이사장의 제안이었다.

가을이 지나갈 무렵, 이사장이 다시 한번 영웅과 어머니
한혜선을 찾았다. 카페에 앉자마자 이사장은 품에서 종이 한
장을 꺼내 테이블에 올렸다.

탁—!

"이게 뭐죠?"

한혜선이 물었다.

"그동안 저희 학교와 강영웅 군이 주고받았던 대화를 문서
화한 것입니다."

놀라운 일이었다. 지금까지 이렇게 제안을 해온 것은 없

다. 한국 야구계 전체를 통틀어도 보기 어려운 일이었다.

"이례적인 일이라는 건 압니다! 하지만 그만큼 강영웅 군을 원한다는 걸로 생각해 주십시오!"

이사장은 단순히 한 치 앞을 보는 사람이 아니었다. 멀리 내다볼 줄 아는 사람이었다.

그는 영웅이 메이저리그에 갈 것이라 판단했다. 만약 메이저리그에 가서 엄청난 연봉을 받는다면 학교 측에는 큰 이득으로 돌아온다.

'그렇게만 되면 다시 야구부에 투자할 수 있다!'

기승전야구로 끝나는 이사장. 그는 성공한 야구 덕후였다.

상대 쪽에서 이렇게까지 나오자 영웅도 마음이 기울 수밖에 없었다.

"어머니와 상의를 하고 빠른 시일 내에 연락을 드리겠습니다."

며칠 뒤, 영웅은 대명고 측에 연락을 했다. 대명고에 진학하겠다는 의견을 전달하기 위해서였다.

[새해가 밝았습니다. 시청자 여러분, 새해 복 많이 받으시길 바랍니다.]

TV에서 타종 행사가 끝나고 사회자들이 인사를 했다.

곧 영웅의 집에서도 조촐한 행사가 이어졌다.

"새해 복 많이 받아라."

한혜선의 인사를 시작으로 수정과 영웅이 새해 인사를 했다.

"엄마도 새해 복 많이 받으세요."

"새해에도 잘 부탁드릴게요."

매년 하는 가족 행사였다. 31일 밤에는 모두 모여 새해를 같이 맞이하는 중요한 시간.

어릴 때는 제야의 종이 울리는 걸 보지도 못하고 잠들기 일쑤였다. 하지만 중학생이 되면서부터는 한혜선과 함께 시간을 보낼 수 있었다.

"자, 이제 그만 자자."

"네~"

"안녕히 주무세요!"

영웅이 방을 나서 자신의 방으로 돌아갔다. 이제는 허리를 펼 수도 없었다.

'바꾸자고 할 때 바꿀걸 그랬나…….'

좁은 방에 몸을 구겨 넣으며 영웅이 생각했다.

얼마 전 엄마와 누나가 방을 바꾸자는 제안을 했다. 두 사람의 키가 큰 편이 아니지만 그래도 이곳에서 둘이 자기에는 좁았다. 그래서 거절하고 여전히 영웅이 좁은 방을 차지하고 있었다.

하지만 최근에는 너무 불편했다. 몸을 펴기도 힘들 지경이었다. 일자로 누우면 양쪽 벽에 머리와 발이 닿았다.

'도대체 키가 언제까지 크는 거야?'

영웅의 너무 커버린 키에 투덜거리며 잠에 들었다.

영웅은 새하얀 통로를 걷고 있었다.

익숙했다. 꿈의 그라운드로 가는 길목이었기 때문이다. 통로의 끝에 도달하자 강한 빛 무리에 눈을 감았다. 다시 떴을 때는 거대한 그라운드가 모습을 드러냈다.

그런데 평소와 달랐다. 평소라면 더그아웃 벤치에 있어야 될 잭이다. 하지만 오늘은 마운드에 서 있었다.

"어서 와라."

인사말은 평소와 같았다.

"벤치에 안 계시고 왜 거기에 계세요?"

"오늘은 특별한 날이니까."

"특별한 날이요?"

"그래."

촤악—!

잭이 와인드업을 했다. 와일드한 투구 폼과 함께 오버핸드 궤적으로 팔이 나갔다.

"흡!"

쐐애애액—!

공이 홈플레이트를 향해 날아갔다.

영웅의 시선이 공을 좇았다. 홈플레이트에 근접한 공이 흔들리는가 싶더니 밑으로 뚝 떨어졌다.

"변화구……."

"체인지업이다."

잭이 옆에 놓여 있던 공을 잡았다. 그리고 영웅에게 던졌다.

"오늘 네가 배울 구종이고."

영웅의 고개가 홱 돌아갔다.

금방이라도 찢어질 듯한 눈동자에 잭이 미소를 지었다.

"이제 너도 배울 때가 됐다."

변화구.

투수에게 있어서 양날의 검과 같다. 반드시 던져야 하는 무기. 하지만 투수의 수명을 갉아먹는다. 특히 유소년 시절의 변화구는 독이다.

미국의 아카데미에서는 커브와 슬라이더를 가르치지 않는다. 팔꿈치와 어깨, 그리고 손목에 무리가 가기 때문이다.

잭이 체인지업을 택한 이유였다.

"체인지업을 던지는 법은 간단하다. 공을 이렇게 잡고 던지면 된다."

잭이 공을 쥔 손을 내밀었다. 검지, 중지, 약지로 공을 덮듯이 잡고 엄지와 소지로 밑을 받치는 모양새였다.

"일명 쓰리핑거 체인지업이라고 한다. 그리고 이런 방식으로도 던질 수 있지."

이번에는 검지와 엄지를 O처럼 만들고 중지, 약지, 소지로 공을 감싸듯 잡았다.

"서클체인지업이다."

영웅은 잭의 손동작을 하나도 놓치지 않으려 눈을 빛냈다.

"체인지업이 효율을 발휘하기 위해서는 포심 패스트볼과

같은 궤적에서 투구를 해야 된다는 점이다. 이건 체인지업만이 아니라 앞으로 네가 던지게 될 모든 변화구에 적용이 된다."

잭이 다시 피처 플레이트를 밟았다. 그리고 공을 던졌다. 포심 패스트볼의 궤적을 그리며 공이 홈플레이트를 지났다.

"이번에는 체인지업이다."

공을 던지자 이번에는 포심 패스트볼의 궤적으로 날아가다 속도가 뚝 떨어지더니 공의 궤적이 아래로 떨어졌다.

"두 구종을 던지는데 투구 폼이나 팔의 스윙 스피드가 똑같네요."

"가장 중요한 점이다. 체인지업은 패스트볼과 같은 궤적으로 날아간다. 그래서 타자들은 패스트볼이라 생각을 하고 배트를 일찍 돌리지. 하지만 타자가 체인지업을 던지는지 알고 있다면?"

"구속이 느리고 회전이 적기 때문에 장타로 이어질 가능성이 크겠군요."

"정답이다."

잭이 공을 건넸다.

"일단 손의 감각을 익히자."

"예."

야구는 실력이 늘기 위해선 반복적인 훈련을 이겨내야 한다. 하지만 투수의 경우, 훈련에 한계가 있을 수밖에 없었다. 전력을 다하지 않더라도 공을 던지면 팔에 무리가 간다. 그렇기 때문에 훈련에도 투구 수를 제한할 수밖에 없었다. 그런 점에서 봤을 때 영웅은 엄청난 이득을 가지고 있었다. 매일 밤 공을 던지지만 어깨는 소모되지 않았다. 그의 훈련에 제한이란 없었다.

"흡―!"

"팔꿈치가 밑으로 처진다. 포심과 투구 폼이 달라지는 순간 타자들은 그걸 눈치챈다!"

잭이 옆에서 영웅의 잘못된 점들을 잡아냈다.

"흡!"

"릴리스 포인트가 달랐어. 제대로 된 포인트에서 공을 던져야 해!"

계속된 지적에 영웅의 체인지업은 점점 모양새를 잡아 갔다.

새로운 구종을 장착하는 건 어렵지 않다. 그것을 자신의 무기로 만드는 게 어려운 것이다.

"차앗!"

쐐애애액―!

패스트볼의 궤적으로 날아가던 공이 급브레이크가 걸리더니 밑으로 뚝 떨어졌다.

퍽―!

원바운드가 된 공이 홈플레이트를 지나 벽에 부딪혔다.

"좋아. 이제 제법 모양이 나오네. 이번에는 패스트볼을 던져 보자."

"패스트볼이요?"

"그래."

갑작스러운 주문에 영웅이 의아한 표정을 지었다. 하지만 이내 그의 말을 따랐다.

와인드업을 하고 평소대로 공을 던졌다.

퍽—!

"어?"

평소와 다른 공이 날아갔다. 구속은 형편없었고 구위 역시 마찬가지였다. 당황스러웠다.

"어떻게……?"

"당연한 일이다."

"네?"

"체인지업을 던질 때 투수들은 힘을 뺀다. 구속을 줄이기 위해서지. 그 영향으로 패스트볼을 던질 때 어깨에 힘이 빠지는 케이스가 많다."

"제대로 던진 거 같은데……."

"심리적인 부분이기 때문에 선수 본인은 자각하지 못하는 경우도 있다. 이번에는 어깨에 신경 쓰면서 던져 봐."

"네."

영웅이 와인드업을 했다. 힘을 빼지 않기 위해 집중했다. 팔의 스윙과 함께 공을 던졌다.

"차앗!"

쐐애애액—!

뻑—!

예전과 같은 속도와 구위가 나왔다. 당황스러웠던 마음이 한 번에 날아가는 기분이었다.

"야구를 하면서 심리적인 부분은 매우 중요하다. 잘 기억하고 있어야 돼."

"예."

"오호, 체인지업을 가르치고 있는 건가?"

그때 한 남자가 다가왔다.

"스판."

"여어, 잭. 드디어 꼬맹이에게 변화구를 가르치는 건가?"

"이제는 때가 됐으니까."

"하긴, 더 이상 꼬맹이라고 부를 수 없는 덩치가 되긴 했군."

스판의 말대로였다. 영웅의 키는 187㎝가 됐다.

몸무게는 95㎏으로 고등학생이라고는 믿기 어려울 신체 조건을 가지고 있었다. 그럼에도 여전히 꿈의 그라운드에서는 그를 꼬맹이라 불렀다.

"처음 가르치는 변화구가 체인지업이라니. 잭이 역시 뭘 알고 있어."

"체인지 오브 페이스를 가르치는데 체인지업만 한 게 없지."

"정확해. 피칭은 타이밍을 뺏는 싸움이니까 말이야."

스판의 얼굴에 미소가 그려졌다. 이유를 알지 못하는 영웅으로썬 의아한 일이었다.

"기분 좋은 이야기도 들었으니 나도 오랜만에 공을 던져 볼까?"

"그래주면 좋지."

스판이 글러브를 끼었다.

"공 좀 받아줘."

"그러지."

잭이 캐처 박스에 가서 앉았다.

"꼬맹이, 너도 방망이를 들고 배터 박스에 들어가 봐."

"네?"

"때릴 수 있으면 때려봐라."

"아, 네."

"물론 스치지도 못할 테지만 말이야."

배팅은 영웅의 주 무대가 아니다. 그렇다 하더라도 기본적인 스윙은 할 수 있었다. 신체 조건이 워낙 뛰어나다 보니 웬만한 타자들보다 파워가 더 좋았다. 선구안도 좋은 편이었다.

무엇보다 그의 승부욕은 무척이나 강한 편이었다.

'안타를 때리겠어.'

영웅이 장비를 착용하고 타석에 섰다. 배트를 쥔 그의 모습은 위풍당당 그 자체였다.

"내가 던질 공은 딱 두 개다. 패스트볼과 체인지업이지."

구종을 예고한 스판이 투구 자세에 들어갔다.

"후우……."

깊은 한숨을 내쉰 스판이 다리를 번쩍 들었다.

상체가 거의 뒤로 넘어갈 정도로 기울이고 다리 끝은 머리보다 더 높은 위치까지 차올렸다.

'저세 무슨 투구 폼이야?!'

생전 처음 보는 투구 폼에 영웅의 눈이 커졌다. 역동적인 자세에서 스판이 공을 던졌다.

"차앗-!"

쐐애액-!

몸 쪽을 찌르는 날카로운 공이었다.

영웅의 배트가 돌았다.

딱-!

배트에 공이 맞았다. 하지만 타이밍이 늦었는지 공이 파울 지역으로 날아갔다.

"오~ 스윙이 좋은데?"

'칠 만하다.'

초구에 영웅의 자신감이 높아졌다.

"자, 2구 간다."

'이번에는 체인지업이 올 거다. 그걸 노리자.'

자신이라면 그렇게 던질 거다. 또한 스판은 체인지업에 대해 뭔가 자부심 같은 걸 가지고 있었다. 객과의 대화에서 그렇게 느꼈다.

'스윙의 스타트를 느리게⋯⋯.'

"차앗-!"

역동적인 자세에서 스판이 공을 뿌렸다.

쐐애애액-!

퍽-!

몸 쪽을 찌르는 패스트볼에 영웅의 몸이 움찔했다. 배트를 돌릴 틈도 없었다.

"스트라이크, 투."

"후우……."

잭의 말에 타석에서 물러난 영웅이 배트를 가볍게 휘둘렀다.

'설마 패스트볼로 허를 찌를 줄이야. 하지만 이번에는 분명히 체인지업을 던질 거야.'

마음을 정한 영웅이 타석에 섰다.

"3구 간다~"

세 번째지만 여전히 적응 안 되는 투구 폼에서 공이 뿌려졌다.

"차앗!"

쐐애애액-!

'지금!'

영웅은 스윙 타이밍을 한 박자 늦춰 배트를 돌렸다.

체인지업이라 생각했기 때문이다. 하지만 배트가 절반도 돌기 전에 공이 홈 플레이트 위를 지났다.

뻐억-!

"아웃."

"헐……."

영웅이 어이없는 표정을 지었다.

"패스트볼과 체인지업 2개 던진다면서요?"

"그런데 필요 없더라고."

"예?"

"꼬맹이, 체인지업을 던지는 이유를 아나?"

변화구니까라는 대답이 목까지 올라왔다.

"바로 타자의 타이밍을 뺏기 위해서다. 투수와 타자의 싸움은 타이밍 싸움이다. 타자가 패스트볼을 노릴 때 느린 체인지업을 던져 타이밍을 뺏는 거지."

"아······."

"네가 체인지업을 노리는 게 눈에 보였기 때문에 난 패스트볼만 던진 거다. 넌 체인지업을 노리기 위해 스윙의 타이밍을 늦췄다. 난 그걸 간파하고 그 타이밍을 무너뜨렸을 뿐이다."

스판은 그 말을 끝으로 마운드를 내려갔다. 결국 그의 체인지업은 보지 못했다. 하지만 상관없었다. 영웅이 얻은 건 그의 체인지업만큼이나 값지고 중요한 것이었으니 말이다.

"반갑다. 나는 대명고 감독인 이상우다. 앞으로 3년간 잘 부탁한다."

대명고 운동장이 북적였다. 아직 새 학기가 시작되려면 2개월이 남았다. 하지만 야구부는 미리 소집이 됐다. 단체 생활을 하기 때문에 먼저 인사를 하라는 의미다.

"신입생들 먼저 자기소개를 해볼까?"

이상우의 시선이 왼쪽 맨 끝을 바라봤다.

"안녕하십니까?! 목포 영흥중에서 온 최민우입니다! 중학교에서 포지션은 포수를 했습니다!"

하나둘 자기소개가 이어졌다. 그때마다 2, 3학년 선배들이 박수를 쳤다. 중간쯤 지나자 영웅의 차례가 됐다.

"평택 한성중을 졸업한 강영웅입니다. 포지션은 투수를 했습니다."

"쟤가 걔야?"

"140㎞를 던지는 중학생."

"와…… 덩치 봐라."

"정말 우리 학교에 왔네."

주변에 술렁였다. 2, 3학년들은 신기하다는 눈으로, 신입 생들은 견제의 눈빛으로 그를 바라봤다.

마지막 선수를 끝으로 자기소개가 끝났다.

"자, 그럼 우리 야구부의 입부 행사인 연습 경기를 진행하 도록 하겠다. 2, 3학년이 백팀, 1학년이 청팀으로 경기를 진 행하지."

연습 경기라는 말에 선수들의 눈이 빛났다. 그렇지 않아도 겨울 동안 경기를 하지 못해 몸이 근질근질했다.

경기에 앞서 몸풀기가 시작됐다. 러닝 뒤에 가벼운 캐치볼 로 이어졌다. 영웅은 최민우와 짝을 이뤘다.

영웅이 가볍게 공을 던졌다.

쐐액-!

뻐억-!

직선에 가까운 궤적으로 날아간 공이 글러브에 박혔다.

"아야야……. 처음부터 너무 세게 던지는 거 아니야?"

쌔애-!

퍽-!

최민우가 엄살을 부리며 공을 다시 던졌다.

"절반 정도의 힘으로 던진 건데."

쐐애액-!

뻐억-!

"절반……?"

최민우는 글러브에 꽂힌 공을 바라봤다. 글러브 너머의 손바닥이 아플 지경이었다.

이런 묵직한 공을 던지는데 절반이라고?

믿기지 않았다.

"허세 쩌네."

옆에 있던 양성호도 같은 생각으로 보였다. 다른 점은 목소리에 가시가 있다는 것이었다.

그럴 만도 했다. 양성호는 중학 시절 투수를 했다. 대명고에서 영웅과 같은 포지션을 두고 싸울 가능성이 높았다. 견제를 하는 게 당연했다.

'여기도 시작이군.'

영웅은 이와 같은 일을 한성중에서 경험했다.

처음 야구부에 들어갈 때였다. 3학년 때 들어갔기 때문에 대부분 그를 반기지 않았다. 특히 투수들의 견제가 심했다. 그로 인해 스트레스도 받았다. 하지만 그걸 해결하는 방법은 의외로 간단했다.

'처음부터 실력을 보인다.'

야구 선수들은 의외로 순진했다. 야구밖에 모르기 때문에 그것으로 인정을 받으면 가까워지는 건 순식간이었다. 영웅의 손에 자신도 모르게 힘이 들어갔다.

뻐억—!

"아야야……."

손바닥에 불이 나는 것 같은 최민우였다.

청팀의 감독은 이상우가 맡았다.

2, 3학년들은 대명고의 전략이나 작전에 익숙해져 있기 때문에 코치로도 충분히 지휘가 가능했다. 하지만 1학년들은 달랐다. 처음으로 호흡을 맞추는 경기다. 당연히 어긋나는 부분이 많을 것이다. 그런 부분을 잡아주기 위해서는 경험이 더 많은 지도자가 필요했다.

그는 종이에 적힌 선수 명단을 보다 곧 포지션을 결정했다.

"선발 투수는 강영웅."

다른 투수들의 눈빛이 따가웠다. 하지만 개의치 않았다.

"예."

"호흡을 맞출 포수는 최민우."

"옙!"

대답을 한 최민우가 영웅을 바라보며 씩 웃었다. 유쾌한 성격이 그대로 드러났다. 이후 다른 포지션에 선수들이 결정됐다.

'지금 포지션은 중학 야구에서의 실력으로 결정한 걸로 보인다.'

영웅의 생각은 정확했다.

이상우 감독은 각 선수들의 성적별로 선발 출전을 결정

했다.

"모든 선수가 경기에 한 번씩은 나갈 테니 긴장을 늦추지 말도록."

"예!"

다른 학생들을 다독이는 것도 잊지 않았다.

청팀의 공격으로 경기가 시작됐다. 구심은 3학년이 봤다.

"플레이볼!"

경기가 시작됐다. 마운드 위에는 우완 사이드암 투수가 올라왔다. 2학년이었다.

"흡!"

쐐액-!

퍽-!

"스트라이크!"

초구부터 스트라이크가 경기가 시작됐다.

뻑-!

"스트라이크! 배터 아웃!"

"아……."

아쉬워하며 타자가 더그아웃으로 돌아왔다.

삼자범퇴.

청팀의 1회 공격 결과였다. 영웅은 모자를 쓰고는 글러브를 챙겼다.

'구속은 평균 120㎞ 후반이지만 구위가 좋다. 유리한 카운터에서 빠르게 승부할 수 있는 결정구를 가지고 있어.'

영웅은 나름대로 상대 투수를 평가했다. 그리고 머리에서 지웠다. 지금부터는 자신이 던져야 될 차례였다.

"연습 투구는 5구다."

"넵! 영웅아! 5구란다!"

구심의 말을 전달해 주는 최민우를 향해 영웅이 고개를 끄덕였다. 마운드에 선 영웅은 상태를 체크했다.

'겨울 동안 마운드를 쓰지 않았을 텐데 상태가 좋다. 로진 역시 고급품이고 피처 플레이트도 깔끔하네.'

고교 야구에서 성적이 그리 좋지 않은 대명고다. 그런 거 치고는 지원이 나쁘지 않았다.

'흙은 한성중보다 조금 더 단단하다. 꿈의 그라운드와 느낌이 조금 더 비슷하군. 하지만 거기보다는 약한 편이고.'

마운드의 단단함은 투수에게 가장 중요했다. 발을 내디딜 때 힘 조절을 얼마나 해야 되냐가 결정되기 때문이다.

'아직 날씨는 춥다. 전력투구는 10구 이내로 끝내야 된다.'

로진을 손에 묻힌 영웅이 몸을 돌렸다.

'그럼 초반부터 전력으로 간다.'

강한 인상을 남겨야 했다. 그래야 앞으로의 생활이 평탄해진다.

"흡-!"

뻑-!

연습 투구가 시작됐다. 그의 초구가 묵직한 소리를 내며 미트에 꽂혔다.

"와……."

"정말 빠른데?"

"방금 몇 킬로나 나왔지?"

"130㎞ 정도는 나오지 않았을까?"

백팀 벤치 선수들의 시선이 코치가 들고 있는 스피드건으로 향했다. 거기에는 133㎞/h라는 구속이 찍혀 있었다.

연습 투구라는 걸 감안하면 빠른 속도였다. 2, 3학년 투수들 중에는 최고 구속이 130㎞/h인 사람도 있었으니 말이다. 1학년들도 비슷한 생각을 했다.

곧 연습 투구가 끝났다. 타자가 타석에 들어서자 구심이 경기 시작을 알렸다.

"플레이볼!"

경기가 시작됐다.

피처 플레이트를 밟은 영웅이 와인드업 포지션에서 투구를 이어갔다.

"후우……."

호흡을 내뱉었다. 호흡이 끝나가려는 순간 다리를 차올렸다.

촤악-!

마운드 위의 흙이 허공에 흩뿌려졌다.

무릎이 가슴 높이까지 올라가는 도중에 허리와 상체를 비틀어 힘을 모았다.

'투구 폼이 바뀌었다?'

이상우의 눈에 이채가 어렸다. 분명 처음 봤을 때와는 투구 폼이 미묘하게 달라졌다. 예전보다 킥킹을 하는 각도나 상체를 비트는 정도가 더 심해졌다.

"차앗-!"

비튼 상체를 풀면서 다리를 내디뎠다.

퍽-!

스파이크가 마운드의 흙을 파고들었다.

하체가 고정되자 허리를 시작으로 상체가 돌아갔다. 동시에 팔을 회전하며 공을 쥐고 있는 손을 앞으로 내밀었다. 마지막 포인트에서 실밥을 챘다.

촤아아악-!

손끝에 묻어 있던 로진이 안개처럼 허공에 흩뿌려졌다.

쐐애애액-!

직후 로진의 안개를 뚫고 야구공이 맹렬한 속도로 날아갔다.

뻐억-!

굉장한 소리가 그라운드에 울렸다. 그리고 적막이 흘렀다.

2, 3학년들의 시선은 자연스레 스피드건으로 향했다.

"백······ 오십······."

그리고 믿을 수 없는 숫자를 발견했다.

"심판! 판정 내려!"

청팀 벤치의 이상우가 소리쳤다. 그제야 정신을 차린 구심이 콜을 했다.

"스······ 스트라이크!"

놀라움은 거기서 끝이 아니었다.

영웅은 연달아 150㎞/h에 근접하는 공들을 던져 댔다.

뻐엉-!

뻑-!

"스트라이크! 배터 아웃!"

첫 타자는 삼구삼진. 세 개의 공 모두 존을 통과했다.

제구가 된 공은 아니다. 그저 존에 우겨넣은 공이다. 하지만 구위와 구속이 너무 좋으니 타자가 배트를 돌리지도 못했다.

'엄청나군.'

감독은 감탄을 금치 못했다.

'처음 알려졌을 때 최고 구속 143㎞가 나왔는데 1년 만에 7㎞나 구속이 상승되다니.'

놀라운 일이긴 하지만 영웅의 성장을 보면 납득이 됐다.

'신체 조건이 성장하면서 그에 따라 투구 폼을 바꾼 건가?'

청소년 시절 선수들은 하루가 다르게 큰다. 당연히 그에 따른 투구 폼이나 타격 폼의 변경이 있어야 된다.

'김일중 감독님이 잘 가르치셨군.'

사실 그의 투구 폼 수정은 잭이 봐주었다. 하지만 그 사실을 모르기 때문에 오해를 해도 어쩔 수 없었다.

뻐억-!

"스트라이크! 아웃!"

세 타자 연속 삼구삼진.

경이적인 피칭을 보여주며 영웅이 더그아웃으로 돌아

왔다.

"나이스!"

"아자!"

더그아웃의 분위기가 올라왔다. 같은 편에 믿음직한 선수가 있다는 건 기세를 올리기 충분했다. 영웅을 견제하던 투수들도 입을 다물었다.

140㎞/h는 현실적으로 넘볼 수 있는 수치다.

하지만 150㎞/h는.

'이길 수 없어…….'

양성호의 고개가 떨어졌다.

'순식간에 신입생들에게 자신의 존재를 각인시켰군.'

생각할수록 대단한 녀석이었다.

'제구가 되진 않았지만 구속만으로 배트를 끌어내기에 충분했지.'

사실 영웅이 던진 9개의 공 모두 제구는 실패했다.

존 한가운데, 혹은 존을 벗어나는 공들도 다양했다. 그럼에도 삼구삼진을 이룰 수 있었던 건 타자들이 급해졌기 때문이다.

'싸울 줄 아는군.'

이상우는 영웅이 더더욱 마음에 들었다. 고등학생의 레벨을 넘어서는 그가 앞으로 어떤 모습을 보여줄지 궁금했다.

영웅의 생활이 나뉘었다.

현실에서는 야구부에서 동료들과 함께 단체 훈련을 하며

시간을 보냈다. 작전을 몸에 익히고 경기를 치르며 실전 감각을 올렸다.

꿈의 그라운드에서는 잭에게 1 대 1 코치를 받았다. 또 타이 콥과의 대결도 계속 이어갔다.

"흡-!"

쐐애애액-!

딱-!

"파울!"

공이 라인을 벗어났다.

"아자!"

마운드 위에서 그것을 확인한 영웅이 주먹을 불끈 쥐었다. 정말 오랜만에 스트라이크 카운트를 한 개 올렸다.

타이 콥이 타석에서 물러나 가볍게 배트를 돌렸다.

"이열~ 꼬맹이가 콥한테 스트라이크를 잡았는데?"

"콥! 너무 방심한 거 아니야?"

"그러다가 아웃당하겠어."

더그아웃에서 레전드 플레이어들의 장난기 어린 목소리가 들려왔다. 그들에게 있어 영웅과 콥의 대결은 하나의 유흥이었다.

"후우……."

영웅은 한숨을 푹 내쉬었다.

오랜만에 잡은 기회다. 흥분해서 일을 그르치고 싶지 않았다.

'여기선 어떻게 할까?'

로진을 손에 묻히며 시간을 벌었다.

'체인지업으로 헛스윙을 유도할까?'

이내 고개를 저었다.

'내 체인지업은 아직 미완성이다. 어설픈 공을 던졌다가는 바로 맞을 거야.'

영웅은 자신을 잘 알았다.

'정면 승부다.'

결정을 내리고 피처 플레이트를 밟았다. 영웅의 눈빛을 본 콥의 입가에 희미한 미소가 그려졌다.

'한번 해보자 이거군.'

잭도 그것을 느꼈다. 그렇기에 손가락 한 개를 펼쳤다. 포심 패스트볼이라는 사인이었다. 그리고 미트를 바깥쪽으로 가져갔다.

하지만 영웅이 고개를 저었다.

미트를 몸 쪽으로 가져가자 영웅이 투구 자세로 들어갔다.

'정면 승부군.'

"차앗-!"

와인드업을 한 영웅이 공을 뿌렸다.

공이 맹렬한 기세로 콥의 몸 쪽을 찔렀다. 콥은 당황하지 않고 배트를 돌렸다. 그 순간 공이 떨어지지 않고 일순간 떠오르는 듯한 착각이 들었다.

'제길!'

콥의 눈동자가 커졌다. 급하게 배트의 궤적을 변경하려 했지만 늦었다.

후웅-!

뻐엉-!

"스트라이크."

잭의 판정 소리가 뒤를 이었다.

"오오!"

"헛스윙으로 스트라이크를 잡았어!"

"저 꼬맹이 드디어 사고를 쳤군."

더그아웃에서 믿을 수 없다는 반응이 나왔다. 영웅도 마찬가지였다.

'드디어……!'

이제 고지가 코앞으로 다가왔다. 영웅은 자신도 모르게 흥분했다. 전설의 타자 타이 콥을 삼진으로 돌려세울 수 있다.

이런 상황에서 제 정신일 고등학생이 어디 있겠는가?

'체인지업……. 체인지업을 던져야 돼.'

그는 자신이 알고 있는 유일한 변화구를 떠올렸다. 두 번이나 패스트볼을 던졌다. 눈에 익었을 것으로 판단한 것이다.

"후우……."

영웅이 호흡을 뱉으며 피처 플레이트를 밟았다. 그리고 와인드업과 함께 공을 뿌렸다.

"차앗-!"

쐐애액-!

딱-!

타이 콥의 배트가 날카롭게 돌았다.

밋밋하게 떨어지던 체인지업이 그대로 하늘 높이 떠올랐다.

"아……."

허무한 결과였다.

"멍청한 녀석."

타이 콥의 말에 영웅의 고개가 떨어졌다.

영웅이 마운드를 비우자 레전드 플레이어들의 경기가 시작됐다.

벤치에 앉아 절망을 하고 있을 때, 그림자가 그의 머리 위로 드리웠다.

"잭……. 나는 왜…… 어?"

고개를 들어 그림자의 주인을 바라봤다. 잭인지 알았는데 아니었다. 순박한 미소가 인상적인 백인 남자였다.

그가 누군지 잘 알았다.

"밥……."

밥 펠러.

클리블랜드 인디언스의 영구결번이자 명예의 전당 최초 5인 이후 처음으로 들어간 인물이다.

고등학생 시절 인디언스 구단과 계약, 강속구를 장착한 채 메이저리그에 데뷔를 했다. 40년대에는 100마일 이상의 강속구를 뿌린 것으로 알려진 인물이다.

"콥을 상대로 그런 허접한 체인지업을 던지면 안 되지."

"하지만 제가 던질 수 있는 변화구는 체인지업밖에 없어요."

"어때? 나한테 슬라이더를 배워보는게?"

"슬라이더요?"

"그래, 만약 너한테 슬라이더가 있었다면 콥을 상대하는 게 더 쉬웠을걸?"

영웅은 고민했다. 변화구를 배우는 건 잭의 허락이 있을 때였다. 그때 다른 그림자가 머리를 드리웠다.

"그거 괜찮겠군."

"잭, 정말 괜찮아요?"

"그래."

잭은 계획을 변경했다. 최근 영웅의 성장이 더뎌지고 있었다. 즉, 성장기가 끝나고 있다는 이야기다. 또한 몸이 커지고 뼈가 단단해진 덕분에 변화구를 던지는데 큰 무리가 없었다. 체인지업을 가르치면서 그것을 느꼈다.

"좋아, 그럼 슬라이더를 가르쳐 주도록 하지."

밥 펠러는 현역 시절 강속구 투수로 유명했다. 하지만 진주만 공습 이후 군대에 자원 입대한 그는 4년간의 공백을 겪었다.

그 일로 인해 강속구를 잃어버렸다. 그럼에도 불구하고 그는 메이저리그에서 활약했다. 바로 슬라이더를 장착하면서 말이다.

"슬라이더는 손목을 채면서 손가락에 힘을 주는 게 중요하다."

밥 펠러는 자신이 가진 노하우를 알려주었다. 그립을 잡는 법, 손가락에 힘을 주는 법, 손목을 채는 법 등. 모든 것을 말이다. 마치 자신의 후계자를 가르치는 사람 같았다.

영웅은 그것들을 흡수했다. 스펀지처럼 전설의 요령들을 자신의 것으로 만들었다.

여름이 다가왔을 때 그는 슬라이더를 자신의 것으로 만들 수 있었다. 그 모습을 지켜보던 밥 펠러가 잭을 향해 말했다.

"이 정도면 자네의 부탁은 들어준 거 같군."

"고맙네."

"그런 소리 말게. comrade(전우)의 부탁을 거절할 순 없지 않은가?"

밥 펠러의 말에 잭이 미소를 지었다.

타이 콥에게 영웅은 상대하기 쉬운 투수였다. 하지만 현실에서는 달랐다.

"흡-!"

뻐엉-!

"스트라이크!"

"와…… 저런 걸 어떻게 치냐?"

"하필이면 괴물 같은 놈이랑 같은 시기에 야구를 하냐."

영웅을 상대하는 상대 팀의 선수들은 비명을 질렀다.

1학년에서 유일하게 영웅은 주말리그에서 마운드에 올랐다. 매 경기 오르는 건 아니었다. 이상우는 철저하게 영웅의 투구 수를 관리했다. 덕분에 그가 마운드에 오르는 날이면 프로 팀 관계자들이 경기장을 찾았다.

"중학교 3학년 때보다 공이 더 빨라졌군."

"구위도 더 묵직해졌어."

"저 덩치를 누가 고1이라고 보겠어?"

프로 팀 관계자들도 영웅의 피칭에 감탄을 금치 못했다.

"당장 프로에 와도 써먹을 수 있겠는데?"

"그러게 말이야."

현실적으로 불가능한 이야기다. 근로기준법이란 게 있기 때문에 세계 어디를 가더라도 영웅이 프로로 뛸 수 있는 곳은 없었다. 하지만 그만큼 그의 실력이 뛰어나기에 나오는 이야기였다.

"그나저나 대명고는 무슨 생각을 하는지 모르겠군. 모든 경기에 영웅이를 세우면 전국 대회는 그냥 나갈 텐데 말이야."

"원래 대명고가 조금 특이하잖아."

"하긴 유별나긴 하지."

대명고는 관계자들에게 유명했다. 다른 학교들은 성적에 목을 매지만 대명고는 달랐다. 선수를 성장시키는 데 집중했다. 그러면서도 혹사를 절대 시키지 않는다.

하지만 이런 육성 방법 때문에 대회 성적은 좋지 않았다. 전국 대회 우승은커녕 16강에 든 것도 한 손에 꼽을 정도로 적었다. 졸업생 중 프로에 직행한 선수도 1명밖에 없었다.

반면에 대학에 진학했다가 프로에 간 선수들은 열다섯 명이나 됐다. 그들의 육성 방법이 틀리지 않았다는 걸 말해주는 대목이었다.

"강영웅을 그렇게 키워주면 우리야 좋지."

누군가 말했다. 다른 스카우터들도 동의했다.

고교에서 혹사를 당한 투수는 프로에 와서 망가지는 경우가 많았다. 그래서 영웅이 대명고를 택했을 때 환호를 질렀다. 싱싱한 녀석이 프로에 올 수 있으니 말이다.

"이대로만 잘 성장을 해주면 좋겠군."

많은 기대를 받으며 영웅은 고교 야구에서도 압도적인 피칭을 이어갔다.

5장
유명세

영웅은 고교 야구의 스타가 됐다. 그가 등판하는 날이면 사람들이 몰렸다.

유튜브의 영상이 업데이트되는 날이기도 했다. 유튜브는 전 세계 사람이 볼 수 있는 동영상 사이트다. 당연히 다른 국가의 사람들도 그 영상을 볼 수 있었다.

[뻐엉-!]

굉장한 소리가 스피커를 통해 전달됐다. 모니터를 통해 보이는 공의 구위 역시 만만치 않았다.

[방금 전 공의 구속이 149㎞가 찍혔습니다.]

동영상을 찍은 주인이 한국어로 말했다. 동시에 영상의 하단에 영어로 자막이 나왔다.

"대단하군."

자막을 읽은 백인 남자가 감탄을 터뜨렸다 그는 메이저리그 구단 중 하나인 시애틀 매리너스의 스카우트였다.

"16살 소년이 92마일짜리 공을 던진다고?"

미국에서도 흔치 않은 일이다. 무엇보다 저 소년은 제구를 하고 있었다.

"강영웅……. 강영웅……."

남자가 스카우트 보고서를 찾았다.

여러 보고서 중 사우스 코리아의 것을 들췄다. 하지만 아무리 찾아도 강영웅이란 이름은 없었다.

"망할! 도대체 동아시아 담당자는 뭘 하고 있는 거야?!"

신경질적인 반응을 보인 그가 전화를 들었다. 그는 단순한 스카우터가 아니었다.

시애틀의 수석 스카우트 담당자였다.

"나 해리슨일세."

전화 한 통으로 동아시아 담당 스카우트 팀장의 행선지가 결정됐다.

주말리그.

혹사 논란을 없애기 위한 방식이었지만, 효율은 거의 없었다.

대명고의 마운드에 영웅이 올라왔다.

"오늘은 웬일로 선발로 올리는군."

"다른 포지션도 대부분 1학년이야."

"어제 청룡기 지역 예선에서 2, 3학년들이 꽤 힘을 빼긴 했지."

"오늘은 온 보람이 있군."

스카우터들이 하나둘 움직였다. 카메라를 꺼내 삼각대에 설치했다. 그리고 스피드건을 꺼내 마운드 위를 겨누었다.

그때 한 외국인이 경기장에 들어섰다.

"어?"

"저 사람은……."

스카우터들이 놀랐다. 그 외국인이 누군지 알기 때문이다.

"어째서 시애틀의 동아시아 스카우트 팀장이 여기 온 거지?"

"설마……."

누가 먼저랄 것도 없이 영웅을 바라봤다.

'영웅을 노리고?'

가능성은 충분했다.

92마일의 빠른 공을 던지는 투수다. 더 발전할 가능성이 있는 나이다. 먼저 선점해서 나쁠 건 없었다.

'드디어 메이저리그가 주목하는 건가?'

메이저리그가 고교 야구 선수를 스카우트하는 건 드문 일이 아니었다. 하지만 최근에는 추세가 줄었다.

대부분의 고교 선수는 메이저리그 직행 티켓을 꺼려했다. 실패해서 국내로 돌아오면 2년간 드래프트에 참가하지 못하기 때문이다. 전성기의 기량을 구사할 때 2년의 공백은 치명적이다.

또한 KBO에서 MLB로 직행한 선수들의 성공도 영향을
끼쳤다.

오히려 그쪽이 더 안정적이었다. KBO에서 성공하면 한국
이나 미국 양쪽에서 큰돈을 보장받을 수 있었다.

만약 MLB에 나가지 못하더라도 KBO에 남으면 안정적인
환경에서 야구를 할 수 있었다.

고교 선수들의 인식이 변한 것이다.

그러자 메이저리그 스카우터들도 고교 야구에 큰 관심을
두지 않았다.

어차피 찔러도 오지 않기 때문이다. 대부분 스카우터는 전
국 대회만 체크하는 수준이었다. 아니면 청소년 대표팀이나
말이다.

그런데 주말리그라니?

게다가 동아시아 스카우트 팀장이 왔다.

이것이 시사하는 바는 컸다.

"플레이볼!"

경기가 시작됐다.

스카우터들이 경기에 집중했다. 스카우트 팀장 데이비드
역시 마찬가지였다.

'도대체 얼마나 잘하면 그 해리슨까지 난리인지.'

사실 그는 이번 출장이 마음에 들지 않았다. 자신의 의지
로 이루어진 게 아니기 때문이다.

그는 일본에서 다카시라는 선수를 관찰 중이었다. 중학교
3학년 때 이미 147㎞/h의 공을 던져 세상을 놀라게 했던 선

수다.

지금은 고등학교 3학년이다.

구속은 점차 늘어 현재는 150㎞/h 중반의 빠른 공을 던졌다.

제2의 오타니. 그게 현재 다카시의 별명이었다. 그런 선수를 두고 한국에 왔으니 기분이 좋지 않았다.

"후우……."

마운드 위의 영웅이 투구 동작에 들어섰다.

'하드웨어는 좋군.'

한국에서 보기 힘든 몸이었다.

좌앗-!

킥킹을 하는 동작이 와일드했다. 몸을 비틀어 힘을 모으는 것 역시 한국에서 보기 힘든 투구 폼이었다.

"오호……."

그게 데이비드의 눈길을 사로잡았다.

비틀었던 상체를 풀며 그 회전력을 살리며 다리를 내디뎠다. 회전력은 상체로 리드미컬하게 이동했다.

그리고 그것이 손끝으로 이동했고 손끝이 제대로 실밥을 챘다.

쐐애애액-!

후웅-!

퍽-!

"스트라이크!"

타자의 공의 아래 부분으로 돌아갔다. 그 모습을 본 데이비드의 얼굴에 놀란 빛이 나타났다.

"라이징이라니……."

라이징 패스트볼.

한때는 떠오르는 공으로 알려졌던 구종이다. 하지만 지금은 달라졌다.

공의 회전이 많아지면서 공이 본래의 궤적보다 덜 떨어지는 공. 그게 바로 라이징 패스트볼의 정체였다.

'고등학생이 라이징을 던지다니. 도대체 손힘이 얼마나 좋은 거지?'

또한 투구 폼도 인상적이었다.

'해리슨이 가 보라고 한 이유가 있었군.'

데이비드가 수첩을 꺼냈다. 그리고 가방을 열고 비디오를 꺼내 영웅의 투구 장면을 찍기 시작했다.

대명고는 전국 대회 진출에 실패했다. 그래서 대회가 없는 날을 이용해 아이들에게 휴가를 줬다. 덕분에 영웅도 집에 올 수 있었다.

"이야~ 우리 동생 이제 제법 남자 티가 나는데?"

자신보다 머리 하나는 작은 여인의 말에 영웅이 피식 웃었다.

"그러는 누나는 여전히 중딩 같네."

"뭐?"

퍽–!

"아야야⋯⋯."

여인의 발이 영웅의 엉덩이를 걷어찼다.

"키 좀 컸다고 이제 누나를 놀리냐?"

"그렇게 기가 세서 어디 시집이나 가겠냐?"

"뭐? 죽을래?!"

여인은 수정이었다. 어느덧 열아홉이 된 그녀는 완전 아가씨였다.

청순한 외모와 달리 성격은 당돌했다. 또한 자기주장이 확실했다.

"그만들 하고 밥 먹자."

조금 더 나이가 든 한혜선이 방문을 열었다.

문 앞에는 밥상이 있었는데 음식이 한가득이었다.

"제가 들게요."

영웅이 밥상을 들고 방에 들어왔다.

듬직하게 큰 아들을 보며 한혜선의 입가에 미소가 그려졌다.

"잘 먹겠습니다!"

"많이 먹으렴."

영웅의 숟가락과 젓가락이 쉬지 않았다. 순식간에 밥과 반찬이 사라졌다. 고봉밥을 세 공기나 비운 뒤에야 식사가 끝났다.

"잘 먹었습니다!"

"언제 봐도 네 식성은 정말 감탄스럽다."

"잘 먹어야 체력이 붙지."

"그래, 잘 먹는 건 복이다."

어머니가 주방에서 나왔다. 그녀의 손에는 접시가 들려 있었다.

"배가 달더라."

제철 과일을 먹고 싶은 어머니의 마음이었다.

과일도 절반쯤 비어갈 때쯤, 방구석에 있는 책상에서 수정이 무언가를 꺼냈다.

"받아."

"이게 뭔데?"

수정이 건넨 건 상자였다. 포장도 되어 있어 내용물은 보이지 않았다.

"열어보면 되잖아."

그녀의 말에 영웅이 손을 움직였다. 리본을 열고 포장지도 조심스레 뜯었다.

그리고 나타난 건 유명 스포츠 브랜드의 로고가 박힌 상자였다. 뚜껑을 열자 야구화가 들어 있었다.

"너 야구화 바꿀 때 됐지? 이번에 알바비 들어와서 하나 샀다."

"누나……."

"왜? 감동받았냐? 짜샤! 이거 다 빚이야. 네가 나중에 야구로 성공하면 그때 빚 갚아!"

말은 저렇게 해도 영웅은 알고 있었다. 수정이 얼마나 힘들게 하루하루를 살고 있는지 말이다.

그녀는 상고에 다닌다. 올해 학교를 졸업하면 바로 취직을
할 생각이었다. 그것을 위해 많은 자격증을 따고 있었다.

그것만이 아니었다. 한혜선의 부담을 덜어주기 위해 아르
바이트도 두 개나 하고 있었다.

몸이 세 개여도 부족할 상황. 하지만 그녀는 그것을 견뎌
내고 있었다. 가족을 위해서 말이다.

그렇게 모은 돈으로 사준 선물이다. 감동을 받지 않을 수
없었다.

"고마워."

"고마우면 그걸로 팍팍 던져!"

"응."

두 남매의 훈훈한 모습에 한혜선의 입가에 미소가 그려
졌다.

새해가 밝았다.

영웅은 2학년이 됐다.

"올해부터는 널 중심으로 팀을 꾸릴 생각이다."

새 학기를 맞아 이상우 감독과의 면담에서 들은 말이다.

영웅도 기다렸다. 그동안 이상우는 2, 3학년 위주로 팀을
꾸렸다. 1학년인 영웅은 철저하게 팀플레이 위주로 훈련을
시켰다. 경기에 나서긴 해도 투구 수를 제한했다.

당연히 경기에 대해 목이 마를 수밖에 없었다.

"예."

거절할 이유가 없었다.

전반기 주말리그는 3월부터 시작된다.

대명고는 서울B조에 속하게 됐다.

첫 번째 상대는 서울고. 긴 역사와 함께 전국 대회 우승도 7회나 있는 강호였다. 선공에 대명고 타자들이 나섰지만 안타는 만들어내지 못했다. 상대 팀 타자의 빠른 공에 번번이 헛스윙이 나왔다.

그리고 마운드에 영웅이 섰다.

"나왔군."

스카우터들이 분주해졌다.

2학년이 된 영웅은 내년 드래프트에 참가한다. 대명고의 연고 구단은 3곳이다. 고척 히어로즈, 잠실 트윈스, 그리고 서울 베어스. 세 곳 모두 영웅을 1라운드 후보로 보고 있었다.

150km/h의 강속구, 거기에 체인지업에 슬라이더까지 장착했다. 그러자 1학년 때부터 언터처블이 됐다.

뻐엉-!

"스트라이크!"

영웅의 강속구가 미트에 박혔다. 묵직한 소리와 함께 타자가 그대로 굳어버렸다.

"초구부터 140㎞ 중반이라니."

"서울고라고 해도 힘들겠는데."

2구는 체인지업. 그리고 3구는 패스트볼로 카운트를 잡았다.

삼구삼진.

완벽한 로케이션이었다.

"저기 포수도 잘하는데?"

"그러게 말이야. 볼의 조합이 좋아."

"벤치에서 사인이 나오는 건가?"

"그건 아닌 거 같아. 감독이나 코치 모두 가만히 있잖아."

"오호, 정말 그러네."

"포수가 누구지?"

"최민우……. 2학년이군."

스카우터들의 눈이 빛났다. 단순 공 배합만이 아니다. 저 빠른 공을 무리 없이 잡아낸다는 것도 이목을 끌었다.

"차앗-!"

쐐애액-!

투 스트라이크 카운트에서 영웅이 3구를 뿌렸다. 빠르게 날아가던 공이 급격하게 밑으로 추락했다. 12-6 커브에 가까운 궤적이었지만 그것보다는 각도가 더 적고 구속은 빨랐다.

후웅-!

타자의 배트가 허무하게 허공을 갈랐다.

퍽-!

"스트라이크! 아웃! 체인지!"

쓰리 아웃.

단 9개의 공으로 세 명의 타자를 요리한 영웅이 최민우와 가볍게 주먹을 부딪치며 벤치로 들어갔다.

"나이스! 나이스!"

대명고 벤치는 분위기가 올라왔다.

투수는 팀의 리더다. 본인은 그렇게 생각하지 않더라도 자연히 그리 된다. 에이스라는 말이 있듯 투수가 미치는 영향이 컸기 때문이다. 그런 점에 있어 영웅은 탁월했다.

공격에 실패해도 막아준다. 그러한 믿음이 있기에 타자들은 타격에 집중할 수 있었다.

하지만 서울고 투수도 에이스급 투수였다. 140㎞/h 중반의 빠른 공과 커브, 슬라이더 거기에 체인지업과 스플리터까지. 다양한 변화구로 대명고 타자들을 요리했다.

"투수전이 되는군."

단순 투수전이 아니라 수준 높은 투수전이었다. 하지만 균형은 조금씩 깨져 갔다.

"흡-!"

뻐엉-!

"스트라이크! 배터 아웃!"

또다시 패스트볼에 스탠딩 삼진을 당했다. 그 모습을 바라보는 서울고 투수 이명훈의 얼굴이 일그러졌다.

'망할 새끼들! 도대체 뭘 하는 거야?'

타자들에게 불만이 쌓였다. 자신이 최고의 호투를 보여주면서 6회까지 무실점으로 막고 있었다. 그런데 타자들이 점수를 내지 못했다.

단순 그것만이 아니었다.

'노히트라고! 노히트! 그게 말이 돼?!'

단 한 명의 타자도 안타를 기록하지 못했다. 그렇다고 볼넷을 얻은 것도 아니다. 스트라이크 낫아웃으로 1루에 진출한 게 고작이다.

포수가 각이 큰 슬라이더를 놓쳐 포일이 나오지 않았다면 퍼펙트라는 소리다.

반면 이명훈은 6회 동안 안타를 4개 맞았다. 비록 산발성이라 점수는 주지 않았지만 분명 밀리고 있었다.

'스카우터가 저렇게 많이 왔는데…….'

그가 초조한 이유는 드래프트 때문이다.

본래 2학년이 되면 지명에 대한 이야기가 구단과 오간다. 3학년 초기에는 대부분 조건에 합의를 해야 한다. 하지만 이명훈은 아직까지 원하는 조건을 이끌어 내지 못했다.

변화구가 약하다는 평가를 받았던 2학년이다. 그래서 겨울 동안 변화구를 강화했다.

새로운 구종을 장착했고 이번 대회는 새로운 모습을 보여주기 위한 쇼케이스였다.

승리를 해야 쇼케이스가 완성된다. 한데 타자들이 도와주지 않았다. 마음이 조급해지는 이유였다.

'망할 새끼들…….'

마운드에 서서도 좀처럼 진정이 되지 않았다. 그러다 보니 공이 가운데로 몰리기 시작했다.

딱-!

"파울!"

신경이 분산되면서 공이 위력도 떨어졌다. 자연스레 마지들이 커트를 해냈다.

'제길! 빨리 삼진이나 당하라고!'

결정구가 계속 커트를 당하자 조바심은 커졌다.

아직 고등학생. 심적으로 흔들리기 쉬운 나이였다.

결국 실투가 나오고 말았다.

딱ー!

그리고 타자는 그 실투를 놓치지 않았다. 중견수 키를 넘는 장타 코스에 2루까지 진루했다. 투수의 흔들림은 더욱 커졌다. 결국 7회 4점을 내주며 강판을 당하고 말았다.

"저렇게 무너지는군."

"역시 멘탈이 약하단 말이지."

스카우터들이 그 모습을 보며 고개를 저었다.

"흠, 경기가 넘어왔군."

이상우 감독의 시선이 영웅에게 향했다. 다음 이닝을 위해 정신 집중을 하는 모습이었다.

6이닝 무실점 0피안타 0사사구.

투구 수는 고작 70개.

완벽투였다.

"영웅아, 아이싱해 둬."

"예."

아이싱이란 어깨 근육을 식히는 행위다. 선발 투수가 아이싱을 한다는 건 교체를 의미했다.

1차전 경기는 대명고의 7 대 1 완승이었다.

영웅은 가방을 챙겨 버스로 향했다.

"강영웅 군?"

그때 한 남자가 그를 불렀다. 남자는 선한 인상의 40대 중반 정도로 보였다. 고급스러운 옷차림이 눈에 띄었다.

"예?"

"반가워요. 나 태성 매니지먼트 최용수 과장입니다."

자기 신분을 밝힌 남자가 명함을 내밀었다.

"오늘 경기 잘 봤습니다. 혹시 시간 있으면 잠깐 이야기나 할⋯⋯."

"강영웅! 빨리 안 오고 뭐 해?!"

그때 이상우 감독이 영웅을 불렀다.

"죄송합니다. 감독님이 부르셔서."

"그럼 본론만 간단히 이야기할게요. 아직 에이전시와 계약을 하지 않았으면 우리 회사와 함께하는 거 어때요? 자세한 내용이 궁금하면 거기 번호로 언제든지 연락 줘요."

"예."

간단히 대답을 하고 영웅이 버스로 향했다.

학교에 도착한 영웅은 이상우의 면담을 기겼다.

"경기장에서 만났던 남자, 에이전시 사람이었지?"

"예, 태성 매니지먼트에서 나온 분이었습니다."

받았던 명함을 내밀었다.

"처음 듣는 곳이군."

이상우가 혀를 찼다.

"원래 우리나라는 에이전트 제도가 없었다. 알지?"

"네, 과거에는 그랬다고 들었습니다."

"최근에는 너무 많이 생겼어. 제도의 허점을 파고들고 뜨내기가 많이 들어왔지. 이놈들처럼 말이야."

이상우가 한심하다는 듯 명함을 바라봤다.

"에이전트 계약은 맺는 게 좋을 거다."

"그렇습니까?"

"수수료는 조금 떼긴 하지만 최신 훈련 시설을 갖춘 곳도 있고 대형화된 곳들은 생활 전반에 걸쳐 관리를 해주니까 편할 거다. 구단들도 선수와 협상을 하다 괜히 기분이 상하기 싫어하는 부분이고 말이지."

"그렇군요."

"국내에 남을지 메이저리그에 진출할지 고민은 결정은 했냐?"

"계속 고민 중입니다. 아직 메이저리그 쪽에서 오퍼가 들어온 것도 없고……."

"오퍼는 무슨. 네가 경기할 때마다 외국인들이 관중석에 널려 있더라."

"하하……."

"고민이 되는 거라도 있는 거냐?"

영웅은 망설였다. 이내 결정을 하고 말을 꺼냈다.

"사실 가족들 때문에 고민을 하고 있었습니다."

"흠……."

예상했던 대답이다.

영웅의 가정사는 익히 알고 있었다. 홀어머니가 혼자 힘으로 남매를 키웠다. 영웅이 가정을 생각하는 건 어찌 보면 당연한 일이었다.

"가족들과 함께 미국으로 건너가는 것도 하나의 방법이다."

"예……."

이미 생각해 봤다. 하지만 용기가 나지 않았다.

미국에 간다는 건 쉬운 일이 아니다. 누나는 자기만의 계획이 있다. 인생에 대한 꿈이 있었고 그것을 실천해 가고 있었다.

엄마는 영어를 하지 못한다. 말 한 마디 통하지 않는 곳에 데려가는 건 자기만의 욕심이었다.

고민하는 영웅의 표정에 이상우가 한숨을 쉬었다. 이것만큼은 자신이 답을 줄 수 있는 문제가 아니었다.

"그래, 아직 시간은 있지. 천천히 고민해 봐."

"감사합니다."

"한 가지만 분명히 하자. 결정은 네가 하는 거다. 그리고 에이전시 계획은 그 뒤에 해야 된다."

"옙."

"피곤할 텐데 이제 그만 가서 쉬어라."

"오늘 이렇게 상담해 주셔서 감사합니다."

"별말을 다 한다. 고등학교 감독이란 게 원래 이런 일도 하는 거다."

부끄러운 듯 손을 내젓는 이상우를 보며 영웅이 미소를 지었다.

태성 매니지먼트는 시작에 불과했다. 3월에만 무려 일곱 개의 에이전시에서 찾아왔다. 심지어는 어머니를 찾아간 곳도 있었다.

─오늘도 에이전시 회사에서 찾아왔었어.

"그래요? 거기 이름이 뭐에요?"

─토마스 글로벌 컴퍼레이션 한국 지부라고 하더구나.

'토마스……. 너희는 논외다.'

영웅이 수첩에 회사명을 적었다. 거기에는 3개의 회사명이 더 있었다. 모두 어머니의 직장까지 찾아갔던 에이전시 회사다.

어머니는 식당 일을 하신다. 꽤 규모가 있는 곳이기에 한시도 쉴 틈 없이 바쁘다. 그런 곳에 에이전시 회사 직원이 찾아가면 부담이 될 수밖에 없었다. 최소한의 배려도 못 하는 회사와 계약할 생각은 없었다.

"어머니, 죄송해요. 괜히 저 때문에 일에 지장도 생기시고……."

─아니다. 괜찮아. 몸 아픈 곳은 없지?

"네, 괜찮아요."

—이제 곧 여름인데 날 더워지기 전에 몸보신 한번 하자. 언제 한번 내려와. 엄마가 맛있는 삼계탕 끓여줄게.

"알겠어요. 다음 쉬는 날에 내려갈게요."

—그래!

엄마의 목소리가 금세 업이 됐다.

—이모~ 여기 김치 더 주세요!

—네~ 지금 갈게요! 영웅아, 엄마…….

"엄마, 너무 무리하지 마세요."

—응~ 우리 아들도 훈련 열심히 해~ 끊을게!

영웅이 끊어진 전화를 바라봤다. 언제나 쉬지 않고 일한 어머니 덕분에 지금의 자신이 있었다. 어떻게 갚아도 모자랄 사랑이었다. 그렇기 때문에 섣불리 결정을 내릴 수 없었다.

영웅은 책상 서랍을 열었다. 어지럽게 놓인 명함들을 보며 한숨을 쉬었다.

꿈의 그라운드.

영웅은 마운드에 서 있었다. 그의 옆에는 밥 펠러가 팔짱을 낀 채 그를 바라보고 있었다.

"후우……."

깊게 한숨을 내쉰 영웅이 다리를 차올렸다. 역동적인 투구 폼에서 있는 힘껏 공을 뿌렸다,

"차앗-!"

쐐애애액-!

빠르게 날아가던 공이 우타자 기준 바깥쪽으로 휘어져 나갔다.

퍽-!

그 뒤로도 몇 개의 공을 더 던졌다. 던질 때마다 공은 다른 궤적을 그리며 미트에 박혔다. 때로는 12-6 커브처럼 때로는 컷 패스트볼처럼 밋밋한 변화를 보이기도 했다.

"그 정도면 됐다."

밥 펠러의 말에 영웅의 투구가 끝났다.

"이전에도 말했지만 슬라이더를 어떤 그립으로 또 손가락에 어떻게 힘을 주느냐에 따라 궤적은 바뀌게 되어 있다. 그 감각들을 잘 익히고 있어야 된다."

"네."

"어이~ 훈련 끝났나? 그럼 우리 야구 좀 해도 될까?"

멀리서 한 남자가 말했다.

"알았네."

밥 펠러와 영웅이 마운드에서 내려왔다. 캐처 박스에 앉아 있던 잭도 자리에서 일어나 벤치로 향했다. 그때 영이 그에게 다가왔다.

"잭, 내 공 좀 받아주지."

"응? 포수가 없나?"

"저 녀석이 오늘 경기를 하기 싫다는군."

영이 고개로 어웨이 팀 벤치를 가리켰다. 거기에는 모자로 얼굴을 가린 채 누워 있는 한 남자가 있었다.

"하하! 뭔가 기분 나쁘게 했나 보군."

"어제 내 공에 맞았거든."

"그랬군. 내가 받아주지 뭐. 영웅아! 나도 한 경기 해야겠다."

"네!"

곧 그라운드에 선수들이 들어섰다. 하나같이 메이저리그 명예의 전당에 오른 선수들이었다.

그들의 플레이를 바라보는 것만으로도 공부가 되기에 충분했다.

플레이를 지켜보던 영웅의 옆으로 밥 펠러가 앉았다.

"새로운 변화구는 안 가르쳐 준다든?"

"네, 일단 세 가지를 완벽하게 마스터한 뒤에 다음 단계로 넘어가자고 하셨어요."

"하긴 그것도 옳은 방법이지. 변화구를 던진다는 건 단순하지가 않거든."

영웅은 자세를 고치고 밥 펠러의 말을 경청했다.

"알고 있겠지만 속구와 변화구를 던지는 모션에 차이가 있으면 안 돼. 아무리 미묘한 차이라도 요즘 기술력이라면 노출이 될 수 있으니까 말이지."

"네, 그래서 투구 폼을 교정하는 데 시간을 많이 들이고 있어요."

"잘하고 있다. 또 하나, 같은 변화구라도 그립, 손가락의 힘, 손목의 비틀림 등에 따라 전혀 다른 궤적을 그릴 수 있다는 걸 명심해라."

"네."

"그리고 그걸 잘 이용하는 것도 잊지 말고."

처음 변화구를 배울 때부터 들은 내용이다. 얼마나 많이 들었는지 머릿속에 각인이 된 듯했다.

"최근 그런 방법으로 재미를 본 친구가…… 아, 그 친구가 있었군. 그렉 매덕스."

투심 마스터, 제구력의 마법사. 각종 별명을 가진 메이저 리그의 대투수. 최초로 사이영상 4회, 골드글러브 18번을 받았던 선수로 2014년에는 명예의 전당에 헌액이 됐었다.

"그 녀석도 죽으면 아마 여기에 올 거야. 그때를 벼르고 있는 녀석이 많단다."

밥 펠러는 마치 손자한테 이야기하듯 이야기를 풀어갔다.

"매덕스가 이런 이야기를 했다는군. 난 한 경기에 똑같은 공을 던지지 않았다."

"가능한 이야기인가요?"

야구의 변화구는 다양해졌다. 하지만 선발 투수가 한 경기에 던지는 투구 수는 그보다 훨씬 많다. 중복이 될 수밖에 없었다.

"가능하단다. 같은 구종이라 하더라도 속도와 궤적의 변화를 잘 이용하면 무한에 가까운 공을 던질 수 있게 되지."

"완급 조절을 말씀하시는 건가요?"

"그렇게 볼 수도 있지만 조금 더 깊이가 있는 공부란다. 이건 말보다는 네가 직접 경험을 해보고 느껴야 알 수 있는 거다."

"그렇군요."

영웅은 밥 펠러의 말이 무엇을 뜻하는지 아직 머리로 이해
할 수 없었다.

6장
국가대표에 발탁되다

4월. 영웅의 무실점 행진은 계속됐다.

주말리그 전반기 종료를 앞둔 상황에서 대명고는 조 2위라는 뛰어난 성적을 내고 있었다. 이대로 리그가 종료되면 황금사자기 진출이 확실시됐다.

영웅은 오늘도 경기에 나서기 위해 몸을 풀고 있었다. 그때 일단의 중년 남자가 찾아왔다. 선수들이 술렁였다.

"강영웅!"

그들과 이야기를 나누던 이상우 감독이 영웅을 불렀다.

"야야, 저 사람들 KBA 쪽 사람들 맞지?"

"그런 거 같은데?"

"게다가 저 배 나온 아저씨, 국가대표 감독님이신 고주용 감독님 아니야?"

"설마 영웅이기   ."

선수들이 수군거리는 소리가 들렸다. 하지만 영웅은 모른 척하며 이상우에게 달려갔다.

"부르셨습니까?"

"그래, 인사해라, 여기는 KBA 협회장이시다."

"김명태라고 하네."

"강영웅입니다."

"이쪽은 청소년 국가대표 감독을 맡게 된 고주용 감독."

"가까이서 보니 더 듬직하군."

"감사합니다."

"경기가 곧 시작되니 짧게 끝내주십시오."

이상우의 말에 김명태 회장이 고개를 끄덕였다.

"단도직입적으로 말하지. 강영웅 군, 자네를 이번 국가대표로 뽑을 생각이네."

"사실은 작년에도 예비 엔트리에는 들어갔지만 사정상 뽑지 못했지. 하지만 올해는 다르네. 자네가 있어야 투수진이 완성이 될 수 있어."

고주용 감독이 말을 받았다.

사실 이런 문제는 선수에게 직접 말하지 않는다. 공문을 통해 학교 측에 밝히면 되는 일이다. 그런데도 불구하고 감독과 협회장까지 왔다는 건 영웅의 위치를 말해주는 대목이었다.

그 뒤로 몇 가지 질문을 더 받은 뒤에야 두 사람은 돌아갔다.

이상우 감독이 영웅을 바라봤다.

"이번 대회에는 각국의 유망주들이 나올 거다. 거기에서 너의 기량을 다시 한번 확인해 보는 것도 나쁜 선택은 아니다. 그리고 협회에서 공짜로 미국 여행을 시켜주는데 가야 되지 않겠냐?"

"예."

영웅도 같은 생각이었다. 꿈의 그라운드의 레전드들이 뛰었던 미국. 그곳에 갈 수 있다는 생각에 벌써부터 가슴이 뛰었다.

영웅을 앞세운 대명고는 승승장구했다. 야구부 창단 이후 처음으로 전국 대회 4강에 올랐다. 비록 우승은 하지 못했지만 그것만으로도 대단한 성적이었다.

일등공신은 단연 영웅이었다. 영웅의 평가는 하루가 다르게 높아졌다. 그가 마운드에 오르는 날이면 관중석에는 스카우터가 즐비했다. KBO만이 아니었다. NPB와 MLB의 관계자도 다수 있었다.

언론에서는 영웅의 행선지에 대한 기사가 나오기도 했다. 하시만 아직 결정이 난 건 없었다. 애초 에이전시 계약도 미루는 상황이었다. 다들 달콤한 말로 그를 꼬시고 있었다. 그러다 보니 더욱 결정을 내리지 못했다.

그러는 와중에 남에게 말하지 못할 일도 생겼다.

'꿈이 그라운드에 가지 못한 지 벌써 열흘이 지났다.'

바로 꿈의 그라운드 문제였다.

최근 어째선지 잠에 들어도 꿈의 그라운드로 가지 못했다. 이런 현상이 벌어진 건 사실 올 초부터였다.

처음에는 하루 이틀을 건너뛰기도 했다. 그때까지만 하더라도 대수롭지 않게 생각했다. 과거에도 너무 피곤하면 꿈의 그라운드로 가지 못할 때가 있었으니 말이다. 하지만 열흘은 처음이다. 조금씩 두려움이 생겼다.

'머리 아프네…….'

고민을 담은 채 비행기에 몸을 실었다.

세계 청소년 야구 선수권 대회가 열리는 곳은 미국 LA였다.

해외로 나온 건 처음이었다. 그래서 많이 설렜다. 하지만 막상 도착하니 진이 빠졌다.

"하…… 12시간 동안 비행기에 있는 게 이렇게 지치는 일이라니."

미국이란 나라가 멀다는 건 알았다. 하지만 이 정도까지 지칠 줄은 꿈에도 몰랐다.

"자, 지금부터 입국 심사를 볼 건데 통역하는 분들이 옆에서 질문을 말해줄 테니 너무 걱정들 말아라."

"예!"

"영어할 수 있는 녀석들은 알아서 패스하고!"

"알겠습니다!"

과거 운동부는 공부 못 하기로 유명했다. 그러나 최근에는 바뀌었다. 외국 진출을 꿈꾸는 선수들은 일찌감치 제2외국어를 배웠다. 하지만 영웅은 아니었다. 영어를 배우기 위해선 과외를 해야 되는데 그럴 돈이 없었다.

'뭐, 번역해 주신다니까.'

영웅의 차례가 왔다. 다른 사람들이 했던 것처럼 여권을 내밀었다.

"미국에 온 이유가 뭐니?"

놀라운 일이 벌어졌다. 심사 직원이 하는 말을 알아들을 수 있는 것이었다.

처음에는 한국말을 하나 싶었다. 이내 아닌 걸 깨달았다. 들리는 언어가 달랐기 때문이다.

'어떻게 된 거지?'

혼란스러웠다.

영어를 배운 적이 없는데 그 뜻을 이해하고 있었다. 그게 끝이 아니었다. 어떻게 대답을 해야 될지도 떠올랐다. 망설이는 건 두 가지 이유에서였다. 하나는 혼란스러웠기 때문에, 둘은 이게 제대로 된 정답이 맞나 싶었기 때문이다.

"아, 영어를 못하나?"

심사 직원이 주변을 두리번거렸다. 통역할 사람을 찾는 모습이었다.

'밑져야 본전이지.'

결정을 내렸다

"야구 대회에 참가하기 위해서 왔습니다."

"오, 영어를 할 줄 아네. 야구 선수야?"

"네, 투수입니다."

"그렇군. 나는 다저스의 팬이야. 좋아하는 메이저리그 구단이 있니?"

직원은 이런저런 질문을 했다. 대부분 입국과는 관련이 없는 질문들이었다. 야구를 한다니 관심이 생긴 듯했다. 영웅은 별 어려움 없이 대화를 했다. 점점 하다 보니 더 자신감이 붙었다.

"이번 대회에서 좋은 성적을 내길 바라."

"감사합니다."

데스크에서 나오는 영웅을 대표팀 직원이 기다리고 있었다.

"영웅이 영어 잘하네."

"이상하진 않았나요?"

"아니야. 본토 발음 제대로 나오던데? 미국인한테 배운 거야? 아님 미국에서 살았나?"

"미국인 친구가 있었어요."

친구는 많았다. 잭과 사이 영, 그 외에도 많은 이가 말이다.

'꿈의 그라운드에서 그들과 이야기를 한 덕분일까?'

비정상적인 일이었다. 그곳에서 자신은 한국어만 썼으니 말이다. 하지만 그런 식으로 따지기엔 그곳 자체가 비정상이었다.

'뭐, 영어 할 수 있게 된 게 어디야.'

나쁜 일도 아니었기에 영웅은 대수롭지 않게 넘겼다.

첫날은 푹 쉬었다. 그리고 이틀부터 공식 일정을 시작했다.

대회는 하루 뒤였다. 시차적응과 훈련 일정이 고작 하루에 불과했다.

어쩔 수 없었다. KBA는 그리 돈이 많은 협회가 아니었다. 이 인원이 미국에서 하루를 머물면 큰돈이 든다. 그걸 감당할 재력이 없었다.

당연히 선수들의 컨디션은 정상이 아니었다. 어른들도 시차 적응에 어려워한다. 아이들이라 해서 다를 건 없었다. 영웅도 뭔가 머리가 멍한 것이 정상적인 컨디션이 아니었다.

'오늘도 꿈의 그라운드에 가지 못했어.'

게다가 영웅에게는 말 못 할 걱정도 있었다.

"모두 힘들겠지만 훈련을 시작하자! 힘들 내라!"

"예!"

단체 훈련이 시작됐다. 몸풀기부터 시작해서 캐치볼 롱토스와 간이 경기까지 진행했다. 하루 만에 하기에는 시간이 부족한 스케줄이었다.

어찌어찌 훈련이 끝나니 몸이 녹초가 됐다.

"후우……."

침대에 누운 영웅은 내일 경기가 걱정됐다.

'이런 몸상태로 어떻게 공을 던지지?'

몸도 피곤했고 정신적으로도 피로했다. 결국 지친 상태로 잠에 들었다.

"아……."

눈을 떴을 때 영웅은 하얀 통로에 서 있었다. 익숙한 곳이었다. 꿈의 그라운드로 가는 길이었다. 영웅은 한달음에 통로를 달렸다. 곧 끝이 보였고 그곳을 나가자 그라운드에 도착했다.

"오랜만이다, 꼬마."

그를 맞이한 건 사이 영이었다.

"영!"

"하하! 내가 네 친구냐!"

"헤헤……."

아이처럼 좋아하는 영웅의 모습에 영이 피식 웃었다.

"오랜만에 왔구나."

"네, 잠에 들어도 갑자기 이곳에 오지 못하게 됐어요. 왜 그런 거죠?"

"그걸 내가 어떻게 아냐? 네 멘토인 잭한테 물어봐."

"네!"

사이 영이 손가락으로 잭을 가리켰다. 대답을 한 영웅이 그를 향해 달려갔다. 영웅이 멀어지자 사이 영이 한숨을 내쉬었다.

"이번 꼬맹이는 재밌었는데. 슬슬 정을 떼야 될 시간이 왔나 보군."

이미 멀리 갔기에 영웅이 그의 말을 들을 순 없었다.

아쉬운 표정의 사이 영이 바닥에 떨어져 있던 공을 잡고는 어디론가 사라졌다. 그사이 영웅은 잭에게 도착했다.

"잭!"

"오, 왔니?"

"네. 잭! 궁금한 게……."

"어? 너 지금 미국에 있는 거냐?"

"네? 아, 네. 저번에 말씀드렸던 세계 대회 때문에 LA에 있어요."

조금 이상했다. 예전에 자신의 시선으로 볼 수 있다 했었다. 한데 지금은 마치 몰랐다는 듯 묻고 있었다.

"그렇군. 세계 선수권 대회면 각국의 정상급 선수들과 싸우겠구나."

"네."

"시차나 여러 이유 때문에 많이 힘들겠지만 힘내야 한다. 알았지?"

영웅의 고생을 아는 것처럼 잭이 그를 위로해 주었다. 덕분에 고민이 날아갔다.

"자, 그럼 오랜만에 야구를 해볼까?"

"네!"

"헤이! 같이 야구나 한 게임 하자고!"

잭이 사람들을 모았다. 순시간에 그라운드의 각 포지션에 선수들이 자리를 잡았다. 그리고 마운드에는 영웅이 섰다. 호흡을 맞추는 건 잭이었다.

"자! 플레이볼이다!"

크게 외친 잭이 손가락으로 사인을 냈다. 고개를 끄덕인 영웅이 와인드업과 함께 공을 뿌렸다.

오랜만에 즐기는 꿈의 그라운드에서의 야구였다.

그동안의 고민, 스트레스가 모두 날아갔다.

한국 대표팀의 컨디션은 전체적으로 나빴다. 하지만 1차전 상대인 이탈리아를 상대로 대승을 거두었다.

1회부터 큰 점수 차가 나면서 주력 멤버를 아낄 수 있었다.

콜드게임 요건이 갖춰진 5회. 고주용 감독은 불펜에 전화를 걸었다.

"영웅이 준비시키게."

―알겠습니다.

전화를 끊고 투수 코치가 영웅을 향해 말했다.

"영웅아, 다음 수비 때 올라간다."

때마침 공을 던지기 위해 다리를 올린 영웅은 그대로 투구를 이어갔다.

"흡―!"

쐐애애액―!

뻐억―!

"으억!"

공을 받아주는 포수가 신음을 토할 정도로 굉장한 공이었다.

'저런 녀석 하나만 팀에 있어도 대회 운영하기 한결 수월하겠네.'

"예! 준비 끝났습니다!"

공격은 금방 끝났다. 영웅은 불펜 문을 열고 마운드로 뛰어갔다.

"휘익-!"

"잘 던져라!"

관중석에서 응원의 목소리가 들려왔다. 교민들이었다.

LA는 한국 교민이 많은 도시였다. 덕분에 관중도 많이 찾아왔다. 물론 한국 교민들만 있는 건 아니었다. 미국의 국민 스포츠답게 많은 일반인도 야구장을 찾았다.

그들 사이에는 야구 관계자들도 있었다. 메이저리그의 구단들은 이미 영웅을 주목하고 있었다. 수많은 자료와 영상을 확보했다. 그런 와중에 영웅이 미국에 온 것이다. 그에게 관심이 있는 각 구단들의 고위급 인사들이 경기장을 찾았다.

그 사실을 고주용 감독은 알고 있었다. 그래서 일부러 영웅을 올렸다.

'제대로 쇼케이스를 해봐.'

"흡-!"

뻑-!

"흠."

"괜찮은데?"

연습 투구가 시작되자 구단 관계자들이 고개를 끄덕였다. 스카우트 리포팅을 통해 본 내용들과 흡사했다. 공도 빠르고 투구 폼이 안정되어 있었다.

'릴리스 포인트도 좋다. 무엇보다 무브먼트가 있다.'

연습 투구만으로 영웅은 자신에게 시선을 집중시켰다.

"플레이볼!"

그리고 경기가 시작됐다.

이탈리아의 타순이 좋았다. 3번 타자부터 시작되는 중심 타선이었다.

'포심으로 가자.'

'예.'

사인을 주고받았다.

영웅이 와인드업을 하자 타자가 박자를 맞추기 시작했다.

"흡!"

발을 내디딤과 동시에 팔을 뻗었다. 자신의 릴리스 포인트에서 있는 힘껏 공을 뿌렸다.

쐐애애애액-!

뻐억-!

굉음과 함께 공이 미트에 박혔다.

"스트라이크!"

구심의 콜이 시원하게 나왔다. 포수가 힐끔 타자를 바라봤다. 타석에서 물러나는 타자의 표정에 영혼이 없었다.

'놀랄 거다.'

대회에서 영웅을 처음 만났을 때 자신도 그랬다.

'구속보다 더 빨라 보이니까.'

영웅의 공은 독특했다. 실제 구속보다도 느껴지는 속도는 더욱 빨랐다. 타석이나 캐처 박스에서 공을 받아봐야지만 느낄 수 있었다.

'변화구는 필요 없겠는데.'

타자의 상태를 보고 내린 판단이었다. 포수는 다시 포심의 사인을 냈다.

"차앗—!"

펑—!

"스트라이크! 투!"

"흡!"

후웅—!

뻐억—!

"스트라이크! 아웃!"

연달아 세 개의 포심 패스트볼이 꽂혔다. 하지만 타자의 배트는 공에 닿지 못했다.

그 모습을 지켜보는 메이저리그 고위 관계자들의 머리가 바빠졌다.

'실제 경기에 들어가니 공의 무브먼트가 달라졌다.'

'고교생이 저 정도의 무브먼트를 보여주다니……'

'엄청난 구위다.'

단순히 속도만 빠른 게 아니었다. 홈플레이트에서 보여주는 공의 움직임은 프로급이라 해두 손색이 없었다.

'발전 가능성은 무한대다. 아니, 당장 메이저리그에서 써먹어도 충분한 구위를 가지고 있다.'

아쉬운 건 변화구를 확인하지 못한 것이다. 영웅의 변화구를 이끌어 내기에 이탈리아의 타자들은 너무 약했다. 하지만 아쉬움은 오래 가지 않았다. 3차전에서 만난 미국전에서 영웅이 선발로 나섰기 때문이다. 미국은 이번 대회에 올스타급 선수들로 대표팀을 꾸렸다.

그동안 세계 청소년 야구 선수권 대회는 대부분 극동 지역에서 대회가 개최됐다. 그 먼 거리를 이동하려는 선수는 많지 않았다.

하지만 이번 대회는 달랐다. 자국에서 열리는 만큼 거절할 수 없었다.

"과연 미국 대표팀을 상대로 어떤 모습을 보여줄까?"

"무엇보다 코닐과의 대결이 기대되는군."

그 소리를 들은 스카우터들이 고개를 끄덕였다.

미구엘 코닐.

2017년 드래프트에서 샌프란시스코 자이언츠에 1라운드 지명을 받은 선수다. 고교 졸업을 앞두고 있고 자이언츠와 계약을 맺은 상황이다.

히트, 파워, 달리기와 수비 능력까지 골고루 50점 이상의 평가를 받았다. 그중에서도 히트는 60점에 파워는 55점으로 매우 높은 수준이었다.

스카우팅 리포트의 그레이드는 20점이 최하점이고 80점이 최고점이다. 60점은 상위권 팀의 주전급 선수라는 의미로 당장 메이저리그에 가도 통할 거란 평가를 받는다. 그 선수도 이번 대표팀에 참가하고 있었다. 팀의 2번 타자로 이미 1, 2차전에서 3개의 홈런을 뽑아냈다.

'코닐과의 대결에서 영웅이 메이저리그에서 통할지 판가름 낼 수 있다.'

영웅은 아직 메이저리그급 선수와 맞대결을 한 적이 없다.

한국 아마추어 야구와는 차이가 심하게 난다. 그렇기에 스카우터들은 이번 대회를 관심 있게 지켜봤다.

뻐엉—!

"스트라이크! 아웃!"

첫 타자는 삼진으로 돌려세웠다. 평소처럼 삼구 이내의 삼진이 아니었다.

5구나 던지게 했고 그중에 하나의 공은 매우 잘 맞은 타구가 날아갔다. 파울이 되긴 했지만 이탈리아와는 분명 달랐다.

'대학 올스타급 전력이라고 하더니 확실히 다르네.'

약간의 긴장감이 돌았다. 로진을 묻히는 그의 시선이 더그 아웃으로 돌아가는 1번 타자에게 향했다. 그는 그냥 들어가지 않고 2번 타자인 미구엘 코닐과 짧은 대화를 주고받았다.

"후우……."

코닐이 타석에 들어서자 영웅이 심호흡을 하며 피처 플레이트를 밟았다.

'감독님이 이 녀석은 위험하다고 했었다.'

대표팀의 주전 포수이자 손창수가 조심스럽게 리드를

했다.

'바깥쪽 포심으로 반응을 체크하자.'

영웅이 고개를 끄덕였다.

와인드업과 함께 1구를 뿌렸다.

촤아앗-!

손끝의 느낌이 좋았다. 실밥을 채는 것이나 힘의 전달 역시 완벽했다.

바깥쪽 낮은 코스로 날아가는 공에 코닐이 반응했다.

타닥-!

다리를 내딛고 배트를 돌렸다.

후웅-!

힘 있게 돌아간 배트의 스위트 스폿에 공이 맞았다.

딱-!

"헉!"

경쾌한 타격 소리에 손창수가 헛바람을 들이켰다. 자리에서 일어난 그의 눈에 저 멀리 날아가는 공이 보였다.

'안 돼……!'

넘어갈 수도 있겠다는 생각이 들었다. 하지만 공에 스핀이 걸렸는지 점점 3루 쪽으로 휘어졌다. 결국 공은 좌익수 파울 라인 쪽 관중석에 떨어졌다.

"파울!"

구심의 소리에 안도의 한숨을 내쉬었다.

"쳇!"

코닐이 타석에서 물러나며 혀를 찼다. 아쉬워하는 모습이 분명했다.

'첫 타석에 저 정도까지 타이밍을 맞추다니⋯⋯.'

영웅의 공이 느렸던 건 아니다. 오히려 오늘 던진 패스트 볼 중 가장 구위가 좋았다. 그런데도 그 공을 맞혔다는 건 평소에도 비슷한 공을 상대했다는 소리였다.

"역시 코닐쯤 되니까 94마일의 빠른 공도 쳐 내는군."

"첫 상대라 공이 조금 밀렸지만 확실히 스위트 스폿에 맞혔어."

"저 녀석의 팔 길이는 괴물이라니까."

스카우터들이 코닐에게 감탄을 했다. 그들의 말대로 코닐의 팔 길이는 키에 비해 길었다. 그러다 보니 바깥쪽 코스의 공도 스위트 스폿에 정확히 맞힐 수 있었다.

그 사실은 영웅도 깨달았다.

'팔 길이가 비정상적으로 길다. 게다가 저 스윙 스피드는⋯⋯.'

아마추어 수준이 아니었다.

'후우⋯⋯. 꿈의 그라운드에서 경기를 한다고 생각하자.'

영웅의 눈빛이 가라앉았다. 로진을 묻힌 영웅이 피처 플레이트를 밟았다. 손창수가 빠르게 손을 움직였다.

'방금 던진 공에서 하나 더 빼자.'

정석적인 볼 배합이었다. 비슷한 코스로 던지면 분명 배트가 따라올 것이란 판단이었다.

'그렇게 던졌다간 이번에야말로 맞는다.'

하지만 영웅의 의견은 달랐다.

방금 전 코닐의 스윙은 스퀘어 스탠스에서 나온 것이었다. 바깥쪽 공을 치기 위한 클로즈드 스탠스가 아니었다. 공을 한 개 정도 뺀다고 해서 헛스윙이 나올 선수가 아니다.

무엇보다 지금은 포심으로 정면 승부할 때가 아니었다. 영웅이 손을 들어 모자를 만졌다. 뒤이어 왼쪽 어깨를 만졌다.

'고속 슬라이더, 몸 쪽으로 가겠습니다.'

영웅이 사인을 낸 것이다.

손창수가 놀란 눈으로 그를 바라봤다. 그러고는 다시 한번 사인을 냈다.

'바깥쪽 패스트볼로 가!'

영웅이 고개를 저었다.

'고속 슬라이더, 몸 쪽으로 던지겠습니다.'

'저 자식이……!'

손창수의 얼굴이 굳어졌다.

이미 프로 지명을 받은 손창수는 영웅이 자신의 사인을 거부하는 것에 자존심이 상했다.

"타임!"

그때 구심이 경기를 중지시켰다. 너무 오래 사인을 주고받은 결과였다.

"헤이! 패스트!"

"오케이."

짧은 영어로 대화를 주고받은 손창수가 더그아웃을 바라봤다. 그때 고주용 감독이 사인을 보냈다.

'영웅이 말대로 던져.'

"하…… 씨발."

사인을 본 손창수의 입에서 거친 말이 흘러나왔다. 자존심이 제대로 상했다. 자신의 팀에서는 있을 수 없는 일이었다.

'니미! 경기 끝나고 죽인다.'

복수를 꿈꾸며 자리에 앉았다. 그러고는 미트를 내밀었다. 영웅이 원하던 몸 쪽 코스였다.

"후우……."

깊게 한숨을 내쉬며 허리를 폈다. 영웅은 다리를 차올리며 몸을 비틀었다. 비튼 상체를 풀며 그대로 공을 뿌렸다.

"차앗-!"

쐐애애액-!

빠르게 날아오는 공에 코닐의 눈이 빛났다.

'패스트볼에 어지간히 자신감이 있군!'

가운데로 들어오는 공에 코닐의 배트가 빠르게 돌았다.

'패스트볼이 아니다?!'

그때 공의 회전이 눈에 들어왔다. 패스트볼의 백스핀과는 다른 회전이었다.

'슬라이더!'

횡으로 도는 걸 확인한 코닐이 급하게 디딤발을 밖으로 벌렸다. 극단적 오픈스탠스로 바꾼 것이다. 팔이 긴 만큼 몸 쪽 공에 약점을 가지고 있었다. 그것을 극복하기 위해 지금과 같은 극단적 오픈스탠스를 훈련했다. 그 결과 몸 쪽 공을 치는 데에도 무리가 없어졌다.

'제대로 걸렸어!'

예상대로 공이 몸 쪽으로 파고들었다. 코닐이 있는 힘껏 배트를 돌렸다.

후웅―!

하지만 배트에 맞는 건 없었다. 허무하게 허공만 가를 뿐이었다.

퍽―!

"스트라이크! 투!"

묵직한 소리와 함께 구심의 콜이 들려왔다.

코닐이 놀란 눈으로 포수의 미트를 확인했다. 바닥에 닿을 정도로 낮은 위치에 있었다.

'저렇게까지 떨어졌다고?!'

자신의 예상보다 더 큰 변화였다. 그리고 그건 스카우터들의 예상도 벗어나는 공이었다.

'고속 슬라이더를 저렇게까지 변화시키다니……!'

'저런 건 영상에도 없었는데…….'

놀라는 코닐을 보며 영웅이 작게 주먹을 쥐었다.

'내 흐름이다.'

단 하나의 공이었지만 예상대로 풀렸다. 그로 인해 흐름이 급격하게 영웅에게 넘어왔다.

영웅은 세 번째 공도 자신이 사인을 냈다. 손창수의 얼굴이 점점 굳어졌지만 신경 쓰지 않았다. 지금은 경기에서 이기는 게 우선이었다.

'94마일의 패스트볼……. 게다가 80마일 후반대로 보이는 슬라이더까지……. 다음은 뭐냐?!'

코닐이 굳은 얼굴로 다음 공을 기다렸다. 그때 영웅이 발을 내디디며 있는 힘껏 공을 뿌렸다.

'오프 스피드 피치는 아니다.'

팔꿈치의 각도, 팔을 휘두르는 속도. 모든 게 이전과 동일했다. 코닐은 일찌감치 스윙의 시동을 걸었다.

'이번에야말······!'

하지만 예상과 전혀 다른 느린 공이 날아왔다. 너무나 느린 공에 코닐의 배트는 허무하게 홈플레이트 위를 지나갔다. 그 뒤에야 공이 홈플레이트 위를 지나갔다.

펙-!

"스트라이크! 아웃!"

3구.

전미 드래프트 1픽에 뽑힌 미구엘 코닐을 상대하는 데 필요한 공이었다.

스카우터들을 비롯해 미국 대표팀 모두 경악을 금치 못했다. 그러나 그건 시작에 불과했다.

상대를 인정한 영웅의 투구는 그 성질이 바뀌었다. 이전에는 강속구로 밀어붙였다. 볼 배합도 단순했다. 그게 180도로 바뀌었다. 강속구와 변화구를 적절하게 섞어 타자를 농락했다. 당연히 볼 배합도 다양해졌다. 타자들은 속수무책이었다.

후웅-!

"스트라이크!"

딱-!

"아웃!"

콰직-!

"스…… 스트라이크! 배터 아웃!"

배트가 부러지며 공이 미트에 박혔다.

"대단한 커터로군."

"홈플레이트 앞에서 변화를 일으켰기 때문에 배트가 따라갈 수 없었어."

"브레이킹볼이나 오프 스피드 피치의 공들이 모두 수준이 높다."

스카우터들의 손이 빨라졌다. 노트에 숫자를 기재하고 다시 선을 긋고 그 밑에 새로운 숫자를 적기를 반복했다.

"특히 슬라이더 계열은 예술이군."

"오프 스피드로 사용하는 체인지업 역시 엄청나네."

"각 공의 구속을 나눠서 사용하는 모습이 인상적이야."

극찬이 쏟아졌다. 스카우팅 리포트의 점수는 점점 높아졌다. 영웅이 공을 던질수록 그에 대한 평가가 높아지는 것이다.

"어떻게 저 나이에 이런 피칭을 할 수 있는 거지?"

누군가 말했다. 그리고 아무도 대답을 하지 못했다.

그들은 꿈의 그라운드를 모른다. 어릴 때부터 그곳에서 레전드 플레이어들의 야구를 보고 배운 영웅이다. 상식을 깨부수는 건 당연했다.

"흡-!"

쐐애애액-!

뻐억-!

"스트라이크! 배터 아웃!"

영웅은 8이닝을 책임졌다. 30명의 타자를 상대했고 2번의 안타를 맞았다. 3번의 볼넷이 있었으며 1번의 포수 실책으로 총 6명의 타자가 베이스를 밟았다. 그러나 완벽한 위기관리 능력으로 점수를 내주지 않았다. 마지막으로 17개의 탈삼진을 기록했다.

그의 경기를 본 스카우터들의 리포트의 점수는 모두 달랐다. 하지만 오버롤 60점 밑으로 체크한 스카우트는 한 명도 없었다.

이번 대회에서 영웅은 최고의 피칭을 하며 메이저리그 구단에 확실한 눈도장을 찍을 수 있었다.

날이 갈수록 선수들은 정상 컨디션을 찾았다. 경기에서도 본래의 실력이 나오며 승승장구를 이어갔다.

특히 영웅의 피칭은 점점 물이 올랐다. 한국 대표팀의 경기가 열리는 날이면 관중석에 관계자들이 찾아왔다.

에이전시들 역시 찾아와 그에게 명함을 건넸다. 처음 들어 보는 곳도 있었지만 대형 에이전시 역시 포함되어 있었다. 모든 게 완벽했다.

손창수와는 미국전 이후로 서먹해졌다.

사실 손창수는 그날 경기의 내용에 따라 영웅을 소집할까도 생각했다. 하지만 결과는 완벽했다. 트집 잡을 곳이 없었다. 어떻게 해볼 방법이 없었던 것이다.

게다가 그는 프로에 지명이 된 상황. 괜한 소란을 피우기엔 리스크가 너무 컸다. 간간이 시비를 거는 정도가 그가 할 수 있는 전부였다.

그럼에도 불구하고 영웅의 성적은 떨어지지 않았다. 일본도 상대가 되지 않았다. 애초에 일본은 이 대회에 정예 멤버를 내보낸 적이 한 번밖에 없었다. 그것도 자국에서 열렸던 경기에만 말이다.

최대 라이벌로 꼽았던 미국을 누르자 한국 대표팀은 승승장구했다.

그리고 결승전.

상대는 대만이었다.

"후우……."

마운드에는 영웅이 서 있었다. 고작 고등학교 2학년. 하지만 대표팀의 누구보다도 믿음직했다.

촤앗-!

다리를 차올린 그가 마운드를 내디뎠다.

"흡-!"

허리의 회전을 시작으로 팔이 돌아갔다.

"차앗-!"

기합 소리와 함께 뿌려진 공이 매서운 속도로 날아갔다.

"맞아라!!"

타자가 있는 힘껏 배트를 돌렸다. 궤적을 확인하고 예상하며 돌린 배트다. 그럼에도 불구하고 공은 마치 농락하듯 밑으로 떨어졌다.

후웅–!

퍽–!

"스트라이크! 배터 아웃! 게임 셋!"

구심의 손이 올라갔다. 손창수가 마스크를 벗으며 주먹을 불끈 쥐었다.

흔히 볼 수 있는 포수와 투수의 악수는 없었다. 하지만 승리의 기쁨을 느끼기엔 충분했다.

세계 청소년 선수권 야구 대회의 우승.

한국에서는 큰 이슈가 되지 않았다. 하루 이틀로 지나가는 이슈였다. 하지만 야구인들과 야구팬들에게는 큰 기쁨이었다.

–이번 대회는 강영웅 덕분에 이긴 거나 마찬가지네.

–한국이 좁다, 좁아.

–내년에 어디로 갈까?

–분명 메이저리그로 가겠지.

–하긴 저 정도면 한국에 있을 이유가 없지.

야구 커뮤니티 사이트와 기사 등에 영웅의 미래에 대한 댓

글이 수두룩하게 달렸다. 정작 본인은 결정을 내리지 못했는데 말이다.

영웅은 숙소 침대에 누워 있었다. 우승을 기념하여 열린 파티에서 배가 찢어져라 먹었다. 덕분에 잠이 솔솔 왔다.

'오늘은 갈 수 있을까?'

꿈의 그라운드에 우승 소식을 전하고 싶었다. 기대감을 품고 영웅을 잠자리에 들었다.

잠시 후.

다시 눈을 떴을 때 그는 빛의 통로에 서 있었다.

"드디어 왔다!"

들뜬 마음에 달리기 시작했다. 통로가 끝나는 순간 그리웠던 그라운드가 모습을 드러냈다.

"잭!"

어떻게 알았는지 잭이 마중 나와 있었다. 영웅이 그에게 한달음에 달려갔다. 이제는 둘의 키가 비슷해졌다. 하지만 잭에게는 여전히 영웅이 어리게만 보였다.

달려오는 영웅을 보며 잭이 미소를 지었다. 그런데 그 미소가 왠지 이상했다.

"잭, 무슨 일 있어요?"

"아니, 별일 없다. 참, 우승 축하한다."

"알고 계셨어요?!"

"그래, 잘 보고 있었다. 정말 많이 발전했더구나."

"감사합니다."

영웅의 입가에 미소가 그려졌다. 잭은 그에게 스승이나 멘

토라는 용어로 정리할 수 없는 존재였다. 자신에게 꿈을 꿀 수 있는 힘을 준 존재가 잭이었다.

"자, 상이라고 하긴 뭐하지만 오늘 새로운 변화구를 알려주마."

"새로운 변화구요?"

"그래, 바로 커브다."

"커브……!"

영웅의 눈이 빛났다.

그사이 잭이 마운드에 섰다.

"커브는 타자들이 보는 순간 구종을 판단할 수 있는 변화구 중 하나다. 즉, 제대로 구사하지 못하면 장타를 얻어맞을 확률이 높지."

"타자가 알고 있다면 어떻게 해야 되나요?"

잭이 설명하면 영웅이 질문을 했다. 두 사제지간은 공을 던지기 이전부터 대화로 구종에 대한 가르침을 전수하고 받았다.

잭은 성심성의껏 영웅에게 커브를 전수했다.

"커브가 손에 익기 시작하면 하나가 아닌 여러 커브를 던지며 타자를 헷갈리게 만들 필요가 있다. 그렇게 되면 커브가 온다는 걸 알아도 궤적을 모르기 때문에 혼란스러워한다."

영웅이 마운드에 서서 커브를 던지는 걸 연습했다. 투구 폼을 수정해 주고 그립과 손에 들어가는 힘을 알려주었다.

그렇게 몇 시간이 흘렀다.

"이제 모양이 나오기 시작하는군."

"꽤 어렵네요."

"커브를 던지는 거 자체는 쉽다. 하지만 제대로 구사하는 건 매우 어려운 변화구지. 연습에 연습을 더하며 너만의 것으로 만들어야 된다."

"예! 더 연습할게요!"

잭이 고개를 저었다.

"잠깐 할 이야기가 있다."

"이야기요?"

"그래, 저쪽에 가서 이야기 좀 하자."

대답을 듣기도 전에 잭이 앞장섰다. 영웅은 아쉬운 표정으로 공을 바라보다 그의 뒤를 따랐다. 더그아웃에 도착한 두 사람이 벤치에 앉았다.

비어 있는 그라운드에는 어느새 레전드 플레이어들이 야구를 하고 있었다. 그 모습을 바라보고 있던 영웅에게 잭이 말했다.

"영웅아."

"네?"

"이제 네가 이곳에 있을 수 있는 시간이 얼마 남지 않았다."

가슴이 덜컹 내려앉았다.

"성인이 되는 해, 너는 이곳에 출입할 수 없게 된다."

"그…… 그런……."

"아마 시간이 흐를수록 이곳에 오는 게 점점 어려워질 거다."

"시…… 싫어요……."

"어쩔 수 없단다. 이건 이곳의 법칙이다."

"아, 안 돼요. 내 야구는 잭에게 배운 거예요. 아직도 배울 게 많단 말이에요……."

충격에 금방이라도 눈물을 흘릴 것 같은 영웅에게 잭이 말했다.

"넌 이미 훌륭한 선수다."

"아직……."

"이건 순리란다."

"……."

잭이 단호하게 말했다.

영웅은 할 말을 잃었다. 지금까지 한 번도 생각해 본 적이 없다. 이곳에 오지 못한다는 걸 말이다. 그만큼 꿈의 그라운드에 오는 건 영웅에게 당연한 일이 되었다.

충격을 받은 영웅을 잭이 애처로운 눈으로 쳐다봤다. 하지만 그를 위로하거나 하지 않았다. 스스로 이겨내야 하는 일임을 알기 때문이다. 영웅은 충격을 받은 채로 돌아갔다.

그러자 사이 영이 잭에게 다가왔다.

"잘한 일인가 모르겠다."

잭의 말에 영이 고개를 저었다.

"너무 늦게 알려준 거지."

"그런가……?"

"이해는 한다. 너에게는 특별할 수밖에 없었던 존재이니까."

"하……."

"하지만 저 아이가 성인이 되었을 때 갑자기 이곳에 오지 못하게 된다면 받았을 충격을 생각해라."

더 큰 충격을 받았을 게 분명하다.

"잘한 선택이었다."

영이 잭의 어깨를 두드렸다.

영웅은 계속 넋이 나가 있었다. 고민을 터놓고 이야기할 수 있는 상대도 없었다.

잠에 들면 전설의 선수들이 있는 그라운드에 간다.

이런 허무맹랑한 이야기를 믿어줄 사람이 어디에 있겠는가? 그러다 보니 혼자 고민하고 정답을 찾을 수밖에 없었다.

그사이 미국을 떠나 한국으로 돌아왔다. 고민은 여전했다. 하지만 일상은 기다려 주지 않았다.

"……웅……영웅아!"

"네? 네!"

"왜 그렇게 넋을 놓고 있어? 괜찮은 거냐?"

"예…… 예, 괜찮습니다."

이상우 감독이 미심쩍은 눈으로 영웅을 바라봤다. 언제나 활기차던 녀석이 기운이 없었다.

'괜찮다고 하니…….'

그동안 영웅은 자기관리에 철저한 모습을 보여주었다. 고등학생이라고는 믿기지 않을 정도로 말이다. 그렇기에 믿고 등판을 시켰다.

"올라가 봐."

"예."

마운드에 오른 영웅이 연습 투구를 시작했다.

퍽—! 퍽—!

구속은 웬만큼 나왔다. 한데 힘이 없었다.

'연습 투구라서 그럴 수도 있지.'

이상우는 영웅을 믿었다. 2년 동안에 걸친 신뢰는 쉽게 깨지지 않았다.

하지만 경기가 시작되고 뭔가 이상하다는 걸 바로 깨달았다.

퍽—!

"볼! 베이스 온 볼!"

첫 타자부터 볼넷이 나왔다. 그것도 스트레이트 볼넷이었다.

'투구 폼이 평소와 다르다. 그러다 보니 디셉션이 제대로 이루어지지 않는다. 게다가 릴리스 포인트까지 흐트러져 있어.'

그래도 믿었다. 어떤 투수라도 매번 일정한 폼을 가질 수 없었다. 특히 영웅은 미국이라는 장거리 비행을 다녀온 지 2주밖에 지나지 않았다. 그 여파가 남아 있을 수도 있다.

그러나.

퍽—!

"볼! 베이스 온 볼!"

픽—!

"악!"

"데드볼!"

사사구로 주자 만루가 됐다. 결국 이상우가 마운드에 오를 수밖에 없었다.

"오늘 컨디션이 별로냐?"

"예……."

예상하지 못한 대답이었다. 보통 이런 질문에 들려오는 대답은 '괜찮습니다. 더 던지겠습니다'였다. 황당해하던 이상우는 이내 고개를 저었다.

"어쩔 수 없지. 오늘은 여기까지만 하자."

영웅이 이상우에게 공을 건넸다. 힘없이 물러나는 영웅을 보며 이상우가 한숨을 내쉬었다.

더그아웃으로 돌아오는 영웅에게 동료들의 위로가 이어졌다. 평소라면 호응이라도 했을 텐데, 오늘은 모든 게 귀찮았다.

영웅은 벤치에 앉아 멍하니 그라운드를 바라봤다. 그러다 고개를 숙였다.

'어떻게 해야 되는 거지……?'

머리가 혼란스러웠다.

한 달이 지났음에도 영웅의 컨디션은 정상으로 돌아오지

않았다. 그러자 스카우터들 사이에서도 소문이 돌기 시작했다.

"강영웅의 성적이 곤두박질치는군."

"연습 경기에도 못 나올 정도라던데?"

"세계 대회까지만 하더라도 압도적인 피칭을 보여준 녀석인데. 도대체 무슨 일이지?"

"미국에서 이상한 걸 보고 밸런스가 깨진 거 아니야?"

"간혹 그런 애들이 있긴 하지. 미국 애들의 투구 폼을 보고 응용하려다가 망가지는 애들."

"아니면 비행기를 처음 타서 그 여파가 아직도 이어지나?"

온갖 추측이 난무했다. 한 가지 확실한 건 스카우터들이 의문을 가지기 시작했다는 거다. 그런 사실을 알고 있음에도 이상우 감독은 영웅을 등판시키지 않았다.

'영웅이의 현 상황은 기술적인 문제라기보다는 심리적인 부분이다. 문제는 그것을 이야기하지 않는다는 건데…….'

이 감독은 정확히 영웅의 상태를 파악했다. 그렇기에 그냥 쉽게 하지 않았다.

"강영웅, 휴가다."

주말이 아닌 평일에 내려진 특별한 휴가. 영웅은 바로 집으로 향했다.

미리 연락을 받은 한혜선은 일까지 쉬며 집에서 영웅을 기다렸다.

"엄마, 저 왔어요."

"우리 아들 왔어?"

집에 들어서자 맛있는 냄새가 났다. 주방에서 음식을 만들던 한혜선이 나와 영웅을 맞이했다.

"아직 밥 안 먹었지? 엄마가 금방 차려줄게."

"네."

최근 들어 밥을 제대로 못 먹었다. 입맛이 없었다는 표현이 더 맞았다. 그러다 보니 체력적으로 힘들었다.

한데 엄마의 음식 냄새를 맡자 식욕이 돌기 시작했다.

"자, 다 됐다."

곧 진수성찬이 차려졌다. 모두 영웅이 좋아하는 반찬이었다.

"맛있게 먹어."

"잘 먹겠습니다."

영웅이 빠르게 밥과 반찬을 비워갔다. 아들이 잘 먹는 모습에 한혜선은 안심했다.

사실 이상우 감독에게서 이미 연락을 받은 그녀였다. 영웅이 최근 성적이 좋지 않고 심적으로 힘들어한다는 이야기에 어렵게 직장도 쉬었다. 그 보람이 느껴지는 모습이었다.

"푸하……. 배부르다."

영웅의 긴 식사가 끝났다. 반찬의 대부분이 비워졌다.

"맛있게 먹었어?"

"네."

"그럼 좀 쉬고 있어. 엄마는 좀 치우고 올게."

"제가 할게요."

"아냐, 오늘은 푹 쉬어. 알았지?"

단호한 한혜선의 말에 영웅이 고개를 끄덕였다. 상을 들고 주방으로 들어가자 영웅은 방에 홀로 남았다.

방은 크게 바뀐 게 없었다. 어릴 때부터 써온 영웅과 수정의 책상이 한쪽 벽을 차지하고 있었다.

'이제 버리셔도 될 텐데.'

취업을 나간 수정이나 기숙사 생활을 하는 영웅이 더 이상 쓰지 않는 것들이었다. 하지만 엄마는 버리지 않았다. 아마 앞으로도 그러지 않을까 싶었다.

'후우……. 배부르니 졸리네.'

영웅은 벽에 기대었다. 최근 심적으로 힘들어 잠도 설쳤다. 무거워지는 눈꺼풀을 이기는 건 무리였다. 곧 고른 호흡만이 방 안에 울려 퍼졌다.

영웅이 다시 눈을 떴을 때. 빛의 통로가 보였다. 평소라면 단번에 뛰어갔을 통로다. 하지만 오늘따라 발걸음이 무거웠다. 그래도 가야 했다. 물어봐야 할 것이 가득 있었다.

곧 출구를 통해 나온 영웅의 눈에 그라운드가 보였다. 그곳에는 잭이 서 있었다.

"어서 와라."

"오랜만이에요."

어색한 두 사람의 인사였다. 평소라면 서로를 반겼을 두 사람이기만 상황이 상황이었다.

"묻고 싶은 게 있어요."

"그래, 앉아서 이야기하자."

두 사람이 벤치에 나란히 앉았다. 영웅은 그동안 품고 있던 질문을 쏟아냈다.

"시간이 얼마 남지 않았다고 하셨죠?"

"그래, 성인이 되면 더 이상 이곳으로의 출입이 불가능해질 거다."

"막을 방법은 없나요?"

"불가능하다. 그것이 순리다."

"하……. 그럼 전 다시 이곳에 올 수 없는 거예요?"

이곳에 올 수 있는 방법. 잭은 순간 말문이 막혔다. 그의 유산을 가진 자는 영웅이 처음이었다. 그렇기에 다시 올 수 있는 방법 같은 건 생각해 본 적이 없었다.

그때 제3의 목소리가 들려왔다.

"방법이야 있지."

두 사람의 고개가 돌아갔다. 언제 왔는지 펠러가 모자를 거꾸로 쓴 채 앉아 있었다.

"방법이 있어요?"

"그래, 여러 조건이 있지만 가장 확실한 건 메이저리그 명예의 전당에 오르는 거다."

"펠러, 그게 확실한가? 난…….."

"자네는 조금 특별한 경우고."

펠러의 말에 잭의 입이 다물어졌다.

"말했듯이 여러 조건이 있다. 하지만 이곳에 오는 대다수가 기본적으로 명예의 전당에 올랐던 녀석들이야. 즉, 가장 알기 쉽고 가능성이 높다는 거지."

"명예의 전당…… 이란 말이죠?"

"그래, 거기에 오를 방법은 네가 찾아야 된다."

영웅이 고개를 끄덕였다. 또 다른 문제가 생겼지만 답이 보였다. 이곳을 떠나지만 다시 올 수 있다는 답이 말이다.

7장
목표를 잡다

영웅이 잠에서 깼다. 분명 벽에서 기대서 잠들었는데 어느
새 베개를 베고 이불을 덮고 있었다.

시간을 확인했다. 아직 저녁이 되기 전이었다. 집은 고요
했다.

'명함이…….'

영웅은 자리에서 일어나 책상의 서랍을 열었다. 안에는 명
함들이 있었다. 모두 에이전시의 것이었다.

그것들을 꺼내 모두 진열했다. 총 30장이었다. 그중 첫 번
째의 명함을 집었다. 그리고 집 전화를 들고 명함의 번호를
눌렀다.

−뚜르르−!

신호음이 이어지다 상대가 전화를 받았다.

−여보세요?

"안녕하세요. 저 강영웅이라고 합니다."

—아! 강영웅 군! 오랜만이에요!

"다름이 아니라 궁금한 게 있어서 이렇게 전화를 드렸습니다."

—무엇이든지 물어보세요.

에이전시의 입장에서 영웅은 원석이었다. 지금 잡아두면 미래에 어떤 보석으로 변할지 모른다. 반응이 호의적인 건 당연했다.

"명예의 전당에 들어가기 위해선 어떻게 해야 됩니까?"

잠깐의 침묵이 흘렀다. 혹시 전화가 끊겼나 싶었다. 입을 열어 확인하려는 순간 상대편의 목소리가 들려왔다.

—명예의 전당이요?

"네."

—국내의 경우라면…….

"메이저리그 명예의 전당을 말씀드린 겁니다."

다시 침묵이 흘렀다. 그리고 상대방의 대답이 들려왔다.

—흠, 일단 메이저리그에서 아주 좋은 성적을 내야 됩니다. 스즈키 이치로 아시죠?

"네."

야구를 하는 사람 중에 모를 사람이 있을까?

아시아인 최초로 메이저리그 명예의 전당에 헌액될 인물이다. 2016년 시즌이 끝난 뒤 은퇴를 선언, 2022년이 되면 자격 요건이 충족된다. 그의 업적은 이루 말할 수 없을 정도다.

-그 선수 정도의 업적을 남긴다면 가능하겠죠.

"그렇군요."

원하는 대답이 아니었다.

"알겠습니다. 알려주셔서 감사합니다."

-강영웅 군, 메이저리그 목표라면 저희 에이전시와 함께 미래를 토론해 보시는 게…….

"곧 연락드리겠습니다."

대화를 마무리하고 전화를 끊었다. 영웅은 두 번째 명함을 들었다. 원하는 대답을 듣기 위해 세 번째, 네 번째 회사에도 전화를 걸었다.

반응은 제각각이었다.

-영웅 군, 메이저리그도 물론 좋지만 국내에서 차근차근 밟아가는 게 현재의 트렌드입니다.

-영웅아, 야구계 선배로서 말하지만 처음부터 명예의 전당 같은 너무 멀리 있는 꿈을 노리기보다는…….

-저희 에이전시와 함께하시면 명예의 전당의 꿈! 반드시 이루게 해드리겠습니다!

하지만 모두 원하는 대답은 아니었다.

"일곱 번째……."

물로 목을 축이며 영웅이 다시 명함을 집었다. 제임슨 코퍼레이션이라는 회사의 명함이었다.

'외국 계열이었지…….'

현재 한국에는 외국의 에이전시도 다수 들어와 있었다. 한국의 FA 시장도 작지 않기에 그곳을 노리고 있는 것이었다.

그러면서 동시에 유망주들을 체크하고 있었다.

영웅이 번호를 눌렀다.

-뚜르르-!

짧은 대기음이 지나고 상대가 전화를 받았다.

-여보세요. 제임슨 코퍼레이션 한국 지부의 최성재입니다.

"안녕하세요."

-어? 강영웅 선수?

"……어떻게 아셨어요?"

-하하! 저번에 한 번 통화했었잖아요. 기억 안 나요?

"아…….."

그제야 최성재란 이름이 떠올랐다.

대부분의 에이전시가 적극적이었는데 그렇게까지 적극적이진 않았던 사람이다.

또한 계약이야기보다는 야구에 대한 이야기를 많이 했었던 걸로 기억이 난다.

-그런데 이 시간에 웬일이에요? 아직 대명고 연습 시간일 텐데.

"특별 휴가를 받아 집에서 쉬고 있습니다."

-그렇군요. 조금씩 쉬어가면서 하는 것도 좋죠.

"네. 저…… 오늘 전화 드린 건 다름이 아니라 궁금한 게 있어서요."

-네, 말씀하세요.

"메이저리그 명예의 전당에 가기 위해서는 어떻게 해야 되죠?"

-명예의 전당이라…….

수화기 너머로 잠깐의 침묵이 흘렀다. 다른 사람들과 비슷한 초기 반응이지만 영웅은 기다렸다.

-당장 말씀드리긴 곤란하고……. 특별 휴가라면 지금 집에 계시는 거죠?

"네."

-그럼 제가 내일 찾아가도 될까요?

"직접이요……?"

-네, 직접 보면서 설명드리는 게 좋을 거 같네요. 참, 시간은 언제가 좋으세요?

처음 보이는 반응이었다.

직접 만나도 나쁠 건 없기에 영웅이 약속을 잡았다.

-그럼 내일 점심에 찾아뵙도록 할게요. 오전에 한 번 더 연락드리도록 하겠습니다. 이 번호로 드리면 되나요?

"네."

-알겠습니다. 그럼 내일 뵙도록 하죠.

곧 전화가 끊겼다.

"특이한 사람이네……."

다른 에이전시들과 다른 반응에 오히려 영웅이 당혹스러웠다.

다음 날. 영웅은 집 인근의 카페에서 최성재와 만났다. 두 사람의 앞에 음료가 놓이자 최성재가 곧바로 본론을 꺼냈다.

"원래는 식사라도 할까 싶었는데 아직 계약도 전이라 부담스러워할까 봐 카페에서 만나자고 했어요."

"네, 저도 그 편이 좋습니다."

실제로 영웅은 에이전시들이 비싼 밥을 사주겠다고 하면 모두 거절했다. 얻어먹으면 왠지 모르게 빚을 지는 느낌이어서였다.

"자, 그럼 바로 본론을 들어가죠."

최성재가 태블릿 PC를 꺼냈다. 화면을 몇 번 터치하자 엑셀 파일이 떴다.

"현재까지 명예의 전당에 들어간 투수는 총 70명이에요."

"그것밖에 안 돼요?"

메이저리그의 역사는 140년이다. 그 역사에서 얼마나 많은 선수가 지나쳐 갔을까? 그런데도 고작 70명밖에 안 된다니?

"그만큼 들어가기가 힘든 곳입니다. 아시아인은 아직 메이저리그 명예의 전당에 헌액된 인물이 없을 정도니까요."

"그…… 그렇군요……."

"그렇다고 실망해선 곤란합니다. 이전에 없었으니 앞으로도 없을 거란 이야기는 아니니까요."

영웅이 고개를 끄덕였다.

"이야기를 계속하자면 명예의 전당에 들어간 투수들 중 100승 이하의 마무리 투수들을 제외한 승수를 모두 합치면 17,067승입니다."

어마어마한 수치였다.

"이 중에서 전문 마무리 투수였던 브루스 수터, 트레버 호프만 두 사람을 제외하면 68명의 선수가 남습니다. 리치 고시지 선수도 300세이브 이상을 기록했으니 전문 마무리로 봐야 하긴 하지만…… 어쨌든 100승 이상은 거뒀으니까 포함했습니다."

영웅은 말없이 고개를 끄덕였다.

"이 승수를 평균으로 냈을 때 메이저리그 명예의 전당에 들어가기 위해서는 250승을 거둬야 합니다. 반올림하면 251승이죠. 어쨌든 이 정도가 평균으로 볼 수 있습니다."

250승.

구체적인 목표가 잡혔다. 하지만 너무 멀게 느껴지는 승수였다.

"그리고 여기서 알 수 있습니다."

"뭘 말씀이시죠?"

"명예의 전당을 노리기 위해서는 메이저리그에 직행을 해야 합니다."

"아……."

"한국의 포스팅 시스템은 7년간 한국 무대에서 뛰어야 됩니다. 만약 그렇게 메이저리그에 진출한다면 200승을 거두는 것도 기적에 가까운 일입니다."

"그렇겠군요……."

선발 투수의 평균 수명은 30대 중반, 길어야 후반까지로 본다. 만약 7년간 한국 무대에서 뛰고 메이저리그에 간다면 매년 20승 이상의 승수를 올려야 했다. 부상을 입으면 바로 불가능이 된다.

"그 외에도 명예의 전당에 입성할 방법은 있습니다만 현시대에서는 대부분 불가능한 것입니다."

"즉, 선수로서는 앞서 말씀해 주신 성적을 거둬야 되는 거군요."

"그렇습니다. 마무리 투수로는 300세이브가 그들의 제한선인 거 같더군요."

250승, 300세이브.

어떤 것을 보더라도 쉽게 이룰 수 없는 것들이었다.

"그런데 이런 자료가 다 정리되어 있나요?"

"하하……. 그럴 리가요. 명예의 전당에 정말 관심이 많거나 야구광이 아니라면 이 정도까지 정리를 해두진 않습니다. 어제 전화를 받고 급하게 데이터를 만들었어요."

"하루…… 만에요?"

"예."

웃으며 말하는 최성재의 모습에 영웅은 놀라움을 금치 못했다. 계약이 아닌 부탁이었는데도 책임감을 가지고 일을 처리해준 최성재의 모습에 감명받았다.

'그래도 계약은 신중해야 된다. 에이전시 계약은 프로 생활에 가장 중요하다고 이 감독님이 그러셨어.'

이상우 감독의 조언을 떠올리며 영웅은 냉정하게 판단을 내렸다.

"이렇게 제 부탁을 들어주셔서 감사합니다."

그래도 감사 인사는 해야 했다. 영웅의 인사에 최성재가 흐뭇한 미소를 지었다.

"앞으로도 궁금한 게 있으면 전화주세요."

"예!"

두 사람의 두 번째 만남은 그렇게 마무리됐다.

영웅은 학교로 복귀했다. 이상우 감독은 그를 불러 따로 면담을 가졌다.

"잘 쉬었냐?"

"예, 감독님 덕분에 푹 쉬고 생각을 정리할 수 있었습니다."

"무슨 일이 있었던 거냐?"

"앞으로의 진로에 대해 고민을 했습니다."

"그렇군."

예상했던 것들 중 하나였다. 벌써 가을이 지났다. 프로야구 페넌트 레이스는 끝났고 한국시리즈가 한창이었다. 즉, 올해가 얼마 남지 않았다는 뜻이다. 내년이면 영웅은 마지막 고교 생활을 보내야 했다. 그 뒤에는?

"선택한 거냐?"

영웅이 다부진 얼굴로 고개를 끄덕였다. 더 이상이 망설인은 보이지 않았다. 고작 며칠 사이에 사람이 이렇게까지 변할 수 있나 싶었다.

"목표를 확실히 잡았나 보구나."

저런 표정을 가진 사람들이 있었다. 그들은 하나같이 확실한 목표를 가지고 살아가는 사람들이었다.

"예, 미국에 갈 생각입니다."

"그렇군."

이상우가 고개를 끄덕였다.

"미국에 간다면 에이전시가 가장 중요하다. 잘 알고 있지?"

"예, 생각해 두고 있는 곳이 몇 군데 있습니다. 조금 더 후보를 줄인 다음에 상의를 드리겠습니다."

"그래, 언제든지 환영하마."

영웅이 고개를 숙여 감사를 표했다.

이틀 뒤, 영웅은 마운드에 올랐다. 연습 경기였지만 그를 보기 위한 관계자들이 몰렸다.

스카우터들, 그리고 에이전트들이 보는 앞에서 영웅이 와인드업을 했다.

'이제 흔들리지 않는다.'

확고한 눈빛이 포수의 미트를 노렸다.

'난 명예의 전당에 가겠어.'

타닥-!

마운드 위에 내디딘 발은 굳건히 그의 몸을 지탱했다.

'그걸 위해서 공을 던진다.'

목표를 노리는 그의 팔이 허공을 가로질렀다.

"차앗─!"

쐐애애애액─!

뻐엉─!

존의 한가운데를 공이 꿰뚫었다. 타자가 움찔했지만 배트를 돌릴 수 없었다. 기세에 눌린 것이다. 그건 타자만이 아니었다. 뒤에서 지켜보던 스카우터와 에이전트들 역시 놀랄 지경이었다.

"155……."

초구부터 최고 구속에 근접한 공이 나왔다. 그 뒤로도 영웅은 굉장한 공들을 연달아 뿌려댔다.

패스트볼 계열만이 아니라 브레이킹볼들까지. 또한 체인지업으로 상대의 타이밍을 빼앗는 투구까지 선보였다.

'완전히 돌아왔군.'

그 모습을 바라보는 이상우가 흡족한 미소를 지었다. 완전히 돌아왔을 뿐만 아니라 망설임도 없어졌다.

그동안 영웅은 한국이냐 미국이냐를 두고 많은 고민을 했다.

'본인은 몰랐겠지만 그런 사소한 부분도 피칭에 영향을 끼친다. 이제 그 고민이 사라졌으니 더더욱 좋은 피칭이 나올 수밖에 없지.'

더 이상의 망설임이 없어진 영웅의 미래가 궁금해지는 차루였다.

한혜선은 최근 고민이 많아졌다. 새해가 되면서 집이나 직장으로 찾아오는 에이전시가 많아졌기 때문이다. 찾아오는 건 큰 문제가 아니었다. 상대 쪽에서 일에 방해가 되지 않게끔 찾아왔으니 말이다. 고민은 그들이 하는 이야기였다.

"아드님은 한국 야구를 책임질 선수입니다. 당연히 KBO 구단과 계약을 해야 됩니다. 그때 저희가 좋은 계약을 할 수 있게끔 도움을 드리고 싶습니다."

영웅이 야구를 하면서 나름대로 관심을 가지게 된 한혜선이다. 일이 바빠 많은 건 모르지만 KBO가 한국 프로야구를 의미하는 건 알았다.

하지만 메이저리그에 대해서는 전혀 몰랐다.

"강영웅 군은 메이저리그에서 충분히 통할 수 있는 실력과 잠재력을 가지고 있습니다. 저희 회사는 미국에 진출했던 여러 선수를 케어한 경험이 있습니다."

갑자기 미국이라는 말에 당황했다. 그 뒤로 메이저리그에 관해 물어보고 스스로 공부를 했다. 그 결과 야구가 미국에서 시작됐고 메이저리그가 세계에서 가장 큰 야구 집단이란 걸 알 수 있었다.

'영웅이가 미국에 간다고……?'

만약 그렇다면 자신은 어떻게 해야 될까?

'당연히 따라가야겠지만…….'

문제는 수정이었다. 그녀는 스스로의 힘으로 공장에 취업해서 돈을 벌고 있었다. 직장을 버리고 미국에 간다고 섣불리 말할 수 없었다. 그렇다고 두고 갈 수도 없었다. 그녀 역시 한혜선에게는 소중한 자식이었으니 말이다.

"에휴……."

선뜻 선택을 내리지 못하는 상황이었다.

'영웅이는 어떻게 하려나…….'

가장 중요한 영웅의 의견을 듣고 싶었다. 영웅의 결정을 들어야지 뭔가 결정을 내릴 수 있을 것 같았다.

딸랑—!

그때 식당 문이 열렸다.

"어서 오세…… 어머!"

문을 열고 들어온 훤칠한 남자를 보며 한혜선이 놀랐다.

"아들!"

"엄마."

바로 영웅이었다. 예상치 못한 방문에 한혜선이 놀라 다가갔다.

"집으로 오는 거 아니었어?"

"조금 일찍 도착해서 식당으로 왔어요. 방해되는 거 아니에요?"

"방해는! 한가할 때라서 괜찮아. 밥은?"

"출발하기 전에 먹었어요."

"그래, 그럼 저쪽 방에 가서 앉아 있어. 엄마가 과일 좀 깎아올게."

"네."

영웅이 방으로 가는 사이 한혜선은 주방으로 향했다.

"아들이야?"

"응, 저번에 봤었잖아?"

"에이! 그게 벌써 몇 년이 지났는데. 게다가 그때는 솜털이 뽀송뽀송했었잖아. 지금은 완전 상남자네."

"호호! 많이 크긴 했지."

"야구를 한다더니 어깨가 정말 넓네. 원래 야구 선수들이 저렇게 어깨가 쩍 벌어졌나?"

"대부분 몸이 좋잖아."

아들 칭찬을 연달아 해주는 동료의 말에 한혜선의 기분이 날아갈 듯 좋아졌다.

'진즉에 데리고 올걸 그랬나.'

자식 자랑은 언제나 들어도 기분이 좋은 것이었다.

"그럼 나 아들이랑 이야기 좀 하고 있을게."

"그려."

한혜선이 과일 접시를 들고 방으로 들어갔다.

접시를 상에 내려놓고 맞은편에 가서 앉았다.

"잘 먹을게요."

"많이 먹어."

과일을 먹으며 이런저런 대화를 이어갔다. 슬럼프 때 집에 온 뒤로 한 달 만의 방문이었다. 할 이야기는 쌓여 있었다.

과일을 절반쯤 비웠을 때, 영웅이 포크를 놓았다. 분위기가 바뀌자 한혜선은 자신도 모르게 긴장했다.

"엄마, 사실은 드릴 말씀이 있어요."

"으응."

"메이저리그라고 아세요?"

한혜선이 고개를 끄덕였다.

"미국에 있는 프로야구예요. 야구가 시작된 곳이고 세계에서 가장 야구를 잘하는 선수들이 모여 있는 곳이죠."

무슨 말을 할지 짐작할 수 있었다.

"저 그곳에 도전해 보고 싶어요."

생각만 하던 것을 직접 듣자 의외로 차분해졌다. 어쩌면 영웅의 눈빛과 표정을 보고 그렇게 되었는지 모른다.

'아이 같기만 했는데……'

결연한 표정, 흔들리지 않는 눈빛이 남편을 닮았다. 자신에게 청혼을 하던 그때처럼 말이다.

"계획은 있니?"

"저에게 접촉 중인 에이전시들이 있어요. 그중에 외국에 있는 에이전시 회사와 계약을 맺을 생각이에요."

"엄마는 그쪽으로 잘 모르는데 괜찮겠어?"

"감독님이 도와주시기로 하셨어요."

이상우 감독이라면 몇 번 만난 적이 있다. 충분히 믿을 수 있는 사람이었다.

"그럼 만약에 메이저리그와 계약을 한다면 미국에 가야 되는 거니?"

"네, 미국에서 야구를 해야 돼요. 그것과 관련해서 상의드리고 싶은 게 있어요."

자신이 예상했던 질문이 날아올 것이라 예상했다.

"저 혼자 미국에 가겠어요."

"뭐?"

"메이저리그 진출 이후 몇 년 동안은 마이너리그를 전전할 거예요."

"마이너리그?"

"메이저리그 아래 있는 리그예요. 통상적으로 고등학교나 대학교를 졸업한 선수들이 뛰는 곳이죠."

영웅은 자신이 준비해 온 것들을 차분하게 설명했다. 얼마나 힘든지, 이동 거리가 얼마나 되는지. 자신이 혼자 가야 되는 이유들을 말이다.

하지만 한혜선은 선뜻 내키지 않았다. 그렇게까지 고생을 해야 될 줄은 몰랐다. 그것도 혼자서 말이다.

"꼭 그런 곳에 가야겠니? 차라리 한국에서 편하게 야구를 하는 게 더 좋잖아?"

"그동안 말씀드리지 않았지만 제가 존경하는 사람들이 있어요. 그 사람들이 메이저리그에서 뛰었어요. 저도 그 사람들이 뛰었던 무대에서 야구를 해보고 싶어요."

진심을 담아 이야기를 하는 아들의 모습에 한혜선이 한숨을 푹 내쉬었다.

"당장 결정을 내릴 순 없을 거 같구나."

"네, 아직 시간은 있으니 천천히 생각해 주세요."

"그래."

언제 이렇게 컸는지 자신을 생각해 주는 아들이 듬직하게 느껴졌다.

사실 그녀는 알고 있었다. 자식 이길 부모가 없다는 걸 말이다. 결국 승낙할 것이다.

하지만 무작정 허락하고 싶진 않았다. 정확히는 자신이 잘 모르는 곳에 아들을 보내고 싶지 않았다. 허락을 하더라도 자신이 알게 된 뒤에 보내고 싶었다. 그러기 위한 시간이 필요했다.

그날부터 한혜선은 마이너리그와 메이저리그에 대해 찾기 시작했다. 아들이 앞으로 나아갈 길을 말이다.

새해가 밝았다. 영웅은 전지훈련을 포기하고 집에 남았다. 메이저리그 진출을 위한 준비를 하기 위해서다.

며칠 전, 한혜선의 허락이 떨어졌다.

"2년 안에 이렇다 할 진전이 없으면 한국으로 돌아와야 돼. 알았지?"

한혜선은 많은 걸 공부했다. 고졸 선수가 미국에 건너가 얼마나 많은 실패를 했는지 알게 됐다. 확률적으로 봤을 때 위험도가 높았다.

하지만 아들이 꿈을 이루는 걸 믿고 싶었다. 그렇기에 단서를 걸었다. 현실과 꿈을 조율한 것이다.

그러나 2년은 너무 짧은 기간이었다. 미국에서 나고 자란 선수들도 드래프트 이후 메이저리그에 데뷔하기까지 오랜 시간이 걸린다. 그걸 알기에 긴 토론 끝에 3년까지 기간을 연장했다.

수정도 동의를 했다. 조금 울먹거리긴 했지만 말이다.

가족의 허락이 떨어지자 영웅은 발 빠르게 움직였다. 겨울 방학이 시작되기 전, 다양한 에이전시와 접촉을 했다. 이상우와도 긴 대화를 하며 좋은 회사를 찾기 위해 노력을 했다.

그 결과 후보를 3곳까지 줄였다. 그중 가장 인프라가 좋은 곳이 제임슨 코퍼레이션이었다. 야구를 중심으로 성장하는 에이전시였고 LA에 본사가 있었다. 본사 건물에는 의료 시설과 훈련 시설이 있어 계약 선수들에게 언제나 개방이 되어 있었다.

수수료가 다른 곳에 비해 조금 높은 편이었지만 그만한 가치가 있었다. 무엇보다 한국인 직원인 최성재의 존재가 컸다.

얼마 전 이상우 감독과 제임슨 코퍼레이션에 관해 이야기를 나눈 적이 있었다.

"그곳에 가면 최성재라는 친구가 있을 거야."

"얼마 전에 만난 적이 있습니다. 도움을 좀 받았어요."

"그래? 그 친구가 원래 프로야구 선수였거든. 선수로는 재능이 별로였는데 에이전트가 된 이후로는 날아다니더군. 원래 국내 에이전시에서 근무하다가 1년 전에 제임슨으로 건너갔다고 들었어."

"그렇군요."

"인성도 좋고 실력도 좋은 친구야. 선수 때는 같은 팀에도 있어봤고 에이전트가 된 이후로는 건너서 들은 거긴 하지만 선수들이 잘 따른다고 하더군."

이상우는 에이전트를 좋게 보지 않는 사람이다. 그런 이가 칭찬을 하니 더 궁금해졌다.

하지만 섣불리 결정을 내리지 않았다. 에이전시를 결정짓는 건 야구 인생의 초반을 결정짓는 것과 다름없다. 그렇기에 신중하게 접근해야 했다.

며칠 뒤, 영웅은 최성재와 자리를 함께했다. 이번에는 제임슨 코퍼레이션의 극동아시아 담당자도 나왔다.

"이쪽은 극동아시아를 총괄하는 헤롤드 본부장님입니다."

"헤롤드입니다."

능숙한 한국어에 영웅이 놀란 표정을 지었다.

"한국어를 잘 하시네요."

"조금 합니다."

세 사람이 일상적인 대화를 이어갔다. 자연스레 대화의 주제는 메이저리그로 이어졌다.

"메이저리그에 도전해 보기로 마음을 먹었습니다."

"오, 드디어 결정을 내리신 거군요."

"최근 다양한 에이전시와 접촉을 하시는 걸로 알고 있습니다."

"예, 미래를 함께할 수 있는 곳이 어딘지 찾고 있었습니다."

"저희 회사도 그중에 하나겠군요."

"예."

헤롤드의 입가에 미소가 그려졌다. 직접적으로 이야기를 해주는 게 일을 하는 건 더 편했다.

본론을 꺼냈다. 최성재와 헤롤드가 서로를 바라봤다.

"자네가 이야기하지."

"예."

한국어를 할 수 있다지만 미묘한 문화의 차이가 있다.

"메이저리그 구단과 계약을 한다고 해도 첫 시작은 마이너리그에서 할 가능성이 높습니다. 미국 드래프트로 지명된 선수들도 마찬가지입니다. 간혹 예외가 있긴 하지만 그 확률은 높지 않습니다."

"험난한 길을 걷게 되는 군요."

"예, 확률적으로 보더라도 고졸 이후 메이저리그에 도전해 성공한 선수는 단 한 명밖에 없습니다."

최성재가 말을 멈췄다. 영웅의 반응을 살핀 것이다. 흔들리지 않는 표정을 본 최성재가 한숨을 쉬었다.

"마음은 확고하게 잡으신 거 같군요."

"예, 확률이 제로라고 해도 메이저리그에 도전할 생각입니다."

"사실 제로는 아닙니다."

"예?"

방금 전까지 부정적인 이야기를 하던 최성재의 입에서 나온 말치고는 이상했다.

"현재 강영웅 군은 선발로 뛰고 있죠?"

"예, 데뷔 이후 쭉 선발로 뛰었습니다."

"선발로 최고 구속은 156㎞까지 나왔었죠?"

'그랬나……?'

"하지만 이 최고 구속은 80구가 넘어가면서는 단 한 번도 나오지 않습니다. 대부분 150㎞ 초반대의 공이 나옵니다."

스스로도 몰랐던 데이터다. 도대체 저런 데이터는 어디서 모으는 걸까?

"대단한 수치로군."

옆에서 듣던 헤롤드가 감탄을 했다. 80구까지 최고 구속을 던질 수 있다는 건 고등학교 수준에선 경이로운 것이었다. 지구력은 물론이거니와 완급 조절도 해준다는 소리였으니 말이다.

"분명 대단한 수치입니다. 이 데이터에서 알 수 있는 점은 또 있습니다. 바로 강영웅 군의 신체가 선발 투수에 적합하게 맞춰져 있다는 겁니다."

"선발 투수만 꾸준히 해왔으니까요."

"그렇게 간단히 생각할 수도 있지만 매우 다릅니다. 지구력이라는 건 하루아침에 생겨나는 게 아니니까요. 체계적인 훈련을 꾸준히 반복해야지만 나올 수 있습니다."

영웅의 머릿속으로 꿈의 그라운드에서 배웠던 훈련법들이

떠올랐다. 당시에는 몰랐지만 그들 하나하나가 메이저리그 에서 전설인 선수들이었다.

또한 그곳에서 꾸준히 현대 야구를 접한 이들이다. 그런 사람들에게 배웠다는 게 얼마나 대단한 건지 새삼 깨닫게 됐다.

"90마일 후반의 빠른 공을 던질 수 있는 선발 투수는 메이저리그에서도 많지 않습니다. 지금까지 동양권에서 진출한 고졸 선수들 중에는 제로라고 할 수 있죠."

"확실히 그렇지."

"물론 메이저리그가 녹록한 곳이 아닙니다. 혹독한 스케줄을 견뎌내야 합니다. 한국과는 비교도 할 수 없는 라이벌들과도 자리를 두고 싸워야 합니다. 하지만 강영웅 군의 신체 능력이라면, 적응 기간을 잘 견뎌낸다면 가능성은 충분합니다. 게다가……."

이야기를 진행하면 할수록 이 사람은 정말 자신보다 더 자신을 잘 아는 것만 같았다. 점점 영웅의 마음이 기울었다.

영웅은 제임슨과 정식 계약을 맺기로 결정했다. 미성년자이기에 한혜선도 동행을 했다.

한혜선 역시 신중했다. 그렇기에 첫 만남에서 사인을 하지 않고 세 번째 만남에서 사인을 했다. 그녀 역시 이 사람들이라면 믿을 수 있겠다는 나름의 판단을 한 것이다.

정식 계약을 맺은 뒤 영웅은 이상우 감독에게 그 사실을 알렸다.

"그럼 성재가 너의 일을 봐주는 거냐?"

"한국에 있을 때는 그렇게 될 거 같습니다. 미국에 건너간 뒤에는 다른 직원이 배정될 가능성이 높다고 하는데 아직은 잘 모르겠습니다."

"그렇군. 제임슨이라면 한국에 진출한 지도 꽤 됐기 때문에 충분한 지원을 받을 수 있을 게다."

이상우 스스로도 나름대로 제임슨 코퍼레이션에 관해 조사를 한 듯했다.

"그럼 앞으로 고교 대회는 일정을 조율하도록 하자."

영웅이 놀란 표정을 지었다. 사실 저 부탁은 최성재가 와서 직접 드리기로 했었다. 아무래도 어린 영웅이 부담이 될 수도 있었기 때문이다.

그러나 영웅은 자신이 직접 하려 했다. 그게 예의라고 생각했기 때문이다. 한데 먼저 제안을 해주실 줄은 꿈에도 몰랐다.

"뭘 그렇게 놀라?"

"설마 먼저 이야기해 주실 줄은 몰랐습니다."

"이사장님의 특명이다. 네가 3학년이 되면 경기는 잘 조율해서 출전을 시키라고 하셨었다."

호탕하게 웃으시던 이사장의 얼굴이 떠올랐다.

"고교 야구도 중요하다. 하지만 너에게 더 중요한 건 앞으로의 미래다. 그걸 잊지 말고 야구부는 크게 신경 쓰지 마라."

사실 이 같은 결정은 어제오늘의 일이 아니었다. 대명고가
전국 대회에서 힘을 쓰지 못하는 이유 중에 하나가 실력 있
는 3학년은 주전에서 제외시키는 일이 잦기 때문이었다.

 오로지 선수를 키워낸다는 한 가지 목표가 있었기에 할 수
있는 일이었다. 또한 이사장이라는 큰 버팀목이 있었기에 가
능했다.

 "감사합니다…… 감독님……."

 "대신 열심히 해라. 미국은 쉬운 동네가 아니다."

 "예……!"

 영웅이 힘차게 고개를 끄덕였다.

 계약을 하자 제임슨 코퍼레이션에서 지원이 나왔다. 개인
트레이너가 영웅에게 붙었다. 인바디를 체크하고 영웅의 신
체 능력을 테스트한 트레이너의 눈이 커졌다.

 "대단하네요. 고등학생의 신체라고는 믿기지 않는데요?
근육과 지방이 조화를 잘 이루고 있습니다."

 "그럼 손볼 곳이 없는 겁니까?"

 "밸런스는 잘 잡혀 있지만 전체적인 무게가 적습니다. 이
제 무게를 늘려가면서 밸런스를 유지하는 쪽으로 훈련 스케
줄을 잡으면 될 것 같네요."

 트레이너의 말을 들은 최성재는 영양사도 고용했다. 프로
는 먹는 것도 일이라는 말이 있다. 수영의 전설인 마이클 펠

프스의 하루 섭취하는 음식이 12,000칼로리라는 건 익히 알려져 있는 사실이다.

펠프스만이 아니라 엘리트 운동선수는 식단 관리를 매우 중요하게 생각했다. 한혜선이 음식을 못한다는 게 아니다. 영양적인 밸런스를 맞추고 필요에 따른 식단을 짜는 건 아마 추어가 하긴 어려운 일이었다.

신체 밸런스를 유지하면서 몸무게를 늘리기 위한 식단?

웬만한 연구가 없이는 불가능했다.

'메이저리그 도전을 위해선 모든 걸 준비해야 된다.'

훈련을 하는 영웅을 보며 최성재가 눈을 빛냈다.

'저 정도의 스텟이라면 충분히 가능성이 있다.'

그의 시선이 스마트폰에 고정됐다.

꿈의 그라운드. 영웅은 오랜만에 그곳에 들어왔다. 통로를 지나고 도착한 그라운드 위에서 잭이 마중을 나와 있었다.

"오랜만이구나."

"예."

짧은 인사.

할 이야기가 많았던 두 사람이다. 벤치에 앉아 그동안 있었던 이야기를 꺼냈다.

"그럼 메이저리그 도전으로 마음을 굳혔구나."

"다시 이곳으로 오고 싶으니까요."

잭이 고개를 끄덕였다.

"기대하고 있으마."

"꼬맹이가 메이저리그를 입에 담다니. 대단한 발전이군."

그때 사이 영이 다가오며 말했다.

"영!"

"오랜만이다, 꼬맹이."

키가 비슷해졌지만 여전히 꼬맹이라 불렸다. 그건 다른 레전드들 역시 마찬가지였다.

사이 영이 옆에 앉았다.

"메이저리그가 만만한 동네는 아니다."

"각오하고 있습니다."

"취미 생활로 야구를 생각하면서 한다면 불가능해."

"목숨을 바칠 겁니다."

"훗."

처음 영웅을 봤을 때가 떠올랐다. 가족과 함께 살 집을 사고 싶어서 야구를 하겠다고 했던 녀석이다. 그랬던 녀석이 이젠 목숨을 바치겠다고 한다. 자신들을 다시 만나기 위해서 말이다.

"기분 좋군."

자신의 레거시를 얻은 녀석은 아니다. 하지만 정이 갔다.

오랜 시간 봐와서 그런 걸까? 어쨌든 녀석에게 뭔가 해주고 싶었다.

"옛날이야기를 해주지."

"갑자기 옛날이야기……."

"내가 야구를 하던 시절에는 투수 한 명이 마지막 이닝까지 책임을 지는 게 당연했다."

영웅의 말은 가볍게 무시했다. 이야기는 시작됐다. 말 그대로 옛날이야기였다. 사이 영이 살아생전 야구를 하던 이야기. 즉, 그의 경험을 들을 수 있다는 소리였다.

야구는 실전의 스포츠다. 직접 몸으로 겪어야지만 그것을 자신의 것으로 만들 수 있다. 그렇다고 해서 선배들의 이야기가 무의미한 건 아니다. 그것들 하나하나가 간접적 경험이 되어 선수에게 도움을 준다. 그게 어떤 형태의 도움이 될진 모른다. 분명한 건 지금 영웅이 듣는 이야기는 억만금을 줘도 들을 수 없는 이야기란 사실이었다.

한데 그게 끝이 아니었다.

"뭐야? 옛날이야기를 하는 건가? 그럼 나도 참가하고 싶은데?"

밥 팰런이 다가왔다. 그의 뒤로 사첼 페이지가 모습을 드러냈다.

"어린놈의 경험보다는 이 몸의 이야기가 더 흥미롭지."

"나도 있다고."

마치 약속이라도 했다는 듯 선수들이 나섰다. 그들의 이야기를 영웅은 차분히 들었다.

레전드들은 손자에게 이야기해 주는 할아버지들처럼 자신들의 무용담을 꺼내놓았다. 그렇게 시간이 흘러갔다.

8장
안녕, 꿈의 그라운드

새해가 밝고 봄이 됐다.

영웅은 고등학교 3학년에 올랐다. 즉, 올해 프로 드래프트에 참가하게 된다는 소리였다.

한데 프로 관계자들 사이에서 소문이 돌기 시작했다.

"강영웅이 메이저리그에 도전한다는군."

"이미 제임슨 코퍼레이션과 계약을 했다던데?"

"서울 구단들은 제대로 뚜껑 열리겠군."

"그러게 말이야."

영원한 비밀은 없다. 알려질 때가 된 것이다. 소문이 퍼지면서 최성재의 전화도 불이 났다.

─야! 네가 이럴 수 있어?!

"선배, 죄송합니다. 하지만 선수가……."

─네가 옆에서 바람을 넣은 거겠지!

"절 그렇게 못 믿습니까?"

—시끄러워! 만약에 강영웅이 미국에 발을 들인다면 영원히 나 볼 생각 하지 마!

거칠게 전화가 끊겼다.

"에휴."

오늘 하루만 같은 내용의 전화를 여러 번 받았다. 상대들은 모두 세 구단 사람이었다.

최성재는 오랜 시간 한국 야구에 몸을 담았다. 그만큼 인맥들도 있었다.

"일이나 하자."

크게 신경 쓰지 않았다. 안 본다고는 해도 볼 수밖에 없는 사람들이다. 예전처럼 친근할 수 없더라도 상관없었다. 이 정도로 틀어질 사이라면 어차피 그 정도밖에 되지 않는 사이란 소리였으니 말이다.

뚜르르—!

그때 전화가 울렸다. 최성재가 번호를 확인했다. 국내가 아닌 해외였다.

"흠흠!"

대충 상황을 판단한 최성재가 목을 가다듬었다. 그리고 전화를 받았다.

"헬로우."

—타이거즈의 미키입니다.

메이저리그 디트로이트 타이거즈였다.

—한국의 강영웅 군과 계약을 맺었다고 들었습니다.

"예, 그렇습니다."

−계약을 맺고 싶습니다.

최성재의 입가에 미소가 그려졌다. 이제 돈값을 할 때가
왔다.

영웅이 오랜만에 마운드에 올랐다. 3학년이 된 뒤로 3번째
등판이었다.

"후우……."

한숨을 뱉은 영웅이 와인드업을 했다. 특유의 상체를 비트
는 투구 폼에서 있는 힘껏 공을 뿌렸다.

"차앗−!"

쐐애애액−!

공이 바람을 가르며 날아갔다.

후웅−!

타자의 배트가 한 타이밍 빠르게 돌았다.

퍼엉−!

배트의 위를 지나 공이 미트에 박혔다.

"스트라이크!"

전매특허와도 같은 공격적 피칭이 이어졌다. 도망가는 공
은 없었다. 모두 정면 승부를 걸어왔다.

"여전히 공격적이네."

"무슨 씨름닭 같다니까."

"저러면서 실제 성격은 얌전하고 말이야."

"승부욕도 최고고 실력도 최고네."

스카우터들이 혀를 내둘렀다. 그러나 세 명의 스카우터는 얼굴이 굳어 있었다. 그들의 공통점은 하나였다. 서울을 연고로 하는 구단들의 직원이란 것이다.

"십 년에 한 번 나올까 말까 한 재능인데 아쉽게 됐어."

"그러게 말이야."

"설마 이런 시점에 메이저리그에 도전할 줄이야."

위로랍시고 다른 스카우터들이 한마디씩 거들었다. 그들의 이야기는 틀린 게 없다. 고교 졸업 이후 메이저리그 진출은 이미 유행이 지났다. 90년대, 2000대에야 100만 달러라는 돈이 큰돈이었다.

하지만 지금은 아니다. 그 정도 돈은 국내 프로야구에서도 충분히 벌 수 있다. FA 계약을 통해 100억을 받는 선수도 있었다.

반면 메이저리그 직행에는 위험부담이 커졌다. 유턴을 해서 국내로 돌아와도 2년간 프로에서 뛸 수 없다. 그 공백은 일반인이 생각하는 것보다 컸다. 그런 위험부담까지 안고 메이저리그에 가는 선수들은 이제 없었다. 그래서 메이저리그 진출을 염두에 두지 않았다.

그 와중에 청천벽력 같은 소식이 전해졌다.

강영웅이 제임슨 코퍼레이션과 계약을 맺었다. 메이저리그 구단과 접촉 중이다.

소식은 곧 사실로 밝혀졌다. 구단들은 발칵 뒤집혔다. 고위층에서는 스카우터들을 닭 잡듯이 잡았다.

 -어떻게 해서든 국내 잔류시켜!

그들이 받은 특명이었다.
뻐엉-!
"스트라이크! 배터 아웃!"
답답한 스카우터들의 마음을 아는지 모르는지 영웅의 공은 오늘도 호쾌하게 미트에 박혔다.

4월 중순.
최성재와 미팅이 잡혔다. 학교 인근 한우집에서 만난 두 사람은 거하게 식사를 끝냈다.
"밥도 먹었겠다. 슬슬 일 이야기를 해볼까요?"
"예."
최성재가 태블릿 PC를 실행했다. 곧 화면에 여러 구단의 이름이 떴다. 하나같이 메이저리그 유명 구단들이었다.
"현재 계약 제의가 들어온 곳은 총 11곳입니다."
"많네요."
"제 예상으로는 3-4곳 정도 더 제의가 들어올 겁니다."
"그런가요?"
"예, 한국의 아마추어 선수의 경우 메이저리그 인터내셔

널 드래프트 제한을 받지 않습니다. 또한 계약금 규모도 큰 편이 아닙니다. 그렇기에 계약하는 데 무리가 없죠."

인터내셔널 드래프트.

미국이 아닌 해외의 유망주를 대상으로 실행하는 드래프트다. 한국과 일본, 대만 등 극동아시아는 여러 이유로 제외가 됐다. 영웅과의 계약에 공격적인 이유였다.

"계약금 규모는 150만 달러를 최저한으로 잡고 있습니다."

"그 부분은 맡기겠습니다."

"예."

메이저리그 계약은 복잡하다. 계약금의 규모도 중요하지만 세부적인 내용이 더욱 중요했다. 그런 점을 맡기기 위해 유명 에이전시와 계약을 한 것이다.

"조만간 협상 대상을 줄여 다시 한번 회의를 하도록 하죠."

"알겠습니다."

"혹시 선호하는 구단이 따로 계십니까?"

영웅은 곰곰이 생각했다.

선호하는 구단이라······.

문득 잭의 얼굴이 떠올랐다.

'그러고 보니 잭은 어디에서 뛰었지?'

사이 영이나 펠러 등은 한 번씩 자신이 뛰었던 구단에 대해 이야기했다. 매일 툴툴대던 타이 콥 역시 마찬가지다. 한데 잭에서는 그런 이야기를 듣지 못했다.

'한번 물어봐야겠어.'

영웅은 선호하는 구단이 딱히 없다고 대답했다. 최성재가 그것을 태블릿에 입력을 한 뒤 회의를 더 진행했다.

다양한 이야기가 오갔다. 메이저리그 구단과 계약을 맺은 뒤의 일들. 특히 국내 구단의 압박에 대해서도 이야기를 꺼냈다.

"조만간 서울 구단들에서 접촉이 있을 겁니다. 그들은 겁을 주면서 국내 잔류를 하라고 할 겁니다. 그 이야기가 꼭 틀린 건 아닙니다. 만약 마음이 바뀌시면 언제든지 전화를 주시면 됩니다."

"마음이 바뀔 일은 없습니다."

최성재는 선수를 위해 한 말이었다. 하지만 영웅은 단호했다. 그 말을 믿어야 될지 알 수 없다. 국내 구단들은 집요했으니 말이다.

"알겠습니다."

그러나 일단은 믿어야 했다.

최성재의 예상대로 서울 연고 구단들이 움직였다. 매일같이 학교를 찾은 그들은 영웅을 귀찮게 만들었다.

"메이저리그에 직행을 할 이유가 꼭 없지 않냐? 이미 대세는 KBO를 거치고 메이저리그에 가는 거다."

"너도 알지 않냐? 고졸 투수 중에 누가 메이저리그에 가서 성공을 했냐? 단 한 명도 없다."

"최근 메이저리그 구단들은 고졸 투수에게 큰돈을 안 쓴다. 기껏해야 50~60만 달러다. 그 정도는 우리 구단에서도 줄 수 있다. 그러니 한국에 남는 게 어떠냐?"

온갖 감언이설이 오갔다. 달콤한 말들만 하는 것도 아니었다. 때로는 규정에 의거해서 압박을 가하기도 했다.

"메이저리그 구단과 계약을 했다가 실패해서 국내로 유턴을 해도 2년 동안 국내 리그에서는 뛰지 못한다. 그걸 모르는 건 아니지?"

"최성재가 어떤 이야기를 꺼냈는지 모르겠지만 에이전트는 계약금에 대한 수수료만 빼먹으면 되는 애들이야. 그러니까 너무 믿지 않는 게 좋다."

하지만 영웅은 단호했다.

"죄송하지만 전 미국 진출을 해볼 생각입니다."

그 뒤로도 영웅을 회유하기 위해 끝까지 달라붙었다. 영웅은 흔들리지 않았다. 목표를 잡은 그의 고집은 무서울 정도였다. 게다가 감독인 이상우까지 나서 그들의 회유 작전을 방해했다.

다른 장애물이 생기자 그들은 목표를 변경했다. 바로 한혜선이었다. 계약의 당사자는 영웅이지만 부모의 영향을 받지 않을 수 없다. 아니, 이맘때의 아이들은 부모가 하라는 대로 하는 아이가 많았다.

덩치는 크지만 어릴 때부터 야구만 해왔다. 세상 물정을 모르기 때문에 제일 가까운 부모에게 더욱 기댔다. 그렇기에 부모를 노리면 영웅을 잡을 수 있다 판단을 내렸다.

하지만.

"여기까지 찾아와 주셔서 감사하지만 영웅이는 미국 진출에 뜻을 두고 있습니다. 아들의 앞길을 응원해 주지는 못할 망정 방해하는 어미가 되고 싶진 않습니다."

정중한 거절의 뜻에 스카우터들은 할 말을 잃었다. 그들 역시 자식을 둔 부모다. 그렇기에 부모의 마음을 누구보다 잘 알았다.

결국 스카우터들은 물러설 수밖에 없었다. 구단 고위직에게 깨질 각오를 하고 말이다.

6월. 영웅의 미국 진출에 대한 기사가 나오기 시작했다.

고졸 투수가 미국에 도전하는 건 오랜만의 일이었다. 사람들은 인터넷 기사에 댓글을 올리며 기대감을 표했다. 하지만 우려를 하는 시선도 있었다.

영웅은 그런 반응에 신경을 끈 채 자신이 할 일을 이어갔다. 학교에서는 실전 훈련을, 피트니스 센터에서는 체력을 키우는 훈련을 받았다.

간간히 최성재가 찾아와 상황 보고를 해주었다.

"5개의 구단이 150만 달러 이상을 제안을 해왔습니다."

최성재가 명단을 건넸다.

[LA다저스]
[보스턴 레드삭스]

[클리블랜드 인디언스]

[세인트루이스 카디널스]

[뉴욕 양키스]

한 번쯤은 모두 들어본 구단들이다.

"아마 옵션이나 계약금 규모도 각 구단들이 비슷한 수준으로 제시해 올 겁니다."

"그럼 어떤 점을 중점적으로 봐야 되는 거죠?"

"당분간 월드시리즈 우승에 도전하지 못하는 팀을 골라야 합니다."

"예?"

예상 못 한 대답에 영웅이 되물었다.

"만약 강영웅 선수가 단장이라면 월드시리즈 우승을 위해 루키를 메이저리그 로스터에 올릴까요?"

"올리지 않겠죠."

"월드시리즈 우승을 위해서는 검증된 선수를 써야 합니다. 즉, 메이저리그에서 이미 성적을 올린 선수를 로스터에 추가하기 때문에 파고들 틈이 좁습니다."

"반대의 경우라면 파고들 틈이 있겠군요."

"예, 그리고 스몰 마켓인 팀을 골라야 됩니다."

영웅이 고개를 끄덕였다. 팀을 고르는 데도 이런 것들이 필요하다는 걸 처음 알았다.

"그럼 어느 팀이 가장 높은 후보인가요?"

"클리블랜드입니다."

클리블랜드 인디언스.

메이저리그에서 대표적인 스몰 마켓 구단들 중 하나였다.

"이곳에 간다고 해서 메이저리그 로스터에 단기간에 들어간다고 장담할 수 없습니다. 하지만 가능성은 다른 구단들에 비해 약간 높습니다."

최성재는 솔직하게 말했다. 메이저리그 로스터에 드는 건 선수의 몫이다. 에이전트가 할 수 있는 건 그 가능성을 약간이나마 높여주는 것이었다.

"알겠습니다. 자료를 토대로 조만간 결정을 내리고 연락드리겠습니다."

"예."

최성재와 헤어진 영웅은 기숙사로 돌아왔다. 그의 손에는 최성재가 건네주었던 메이저리그 구단들의 자료가 들려 있었다.

자료는 자세했다. 각 구단들의 현 상황과 이곳에 갔을 때 얻는 이득들도 적혀 있었다.

'LA는 역시 교민이 가장 많은 게 장점이고, 양키스가 가장 높은 금액을 제시했구나.'

그것들을 비교하며 영웅은 몇 날 며칠을 보냈다.

그리고 일주일이 흘렀을 무렵, 영웅의 마음이 서서히 클리블랜드 쪽으로 기울고 있었다.

'스몰 마켓인 클리블랜드에 간다면 분명 메이저리그에 도전할 수 있는 기회가 올 가능성이 높겠어.'

영웅에게는 3년이란 데드라인이 있었다. 그렇기 때문에

빠르게 메이저리그에 도전을 해야 했다. 그 가능성을 높여줄 수 있는 곳이 클리블랜드였다.

'클리블랜드로 가자.'

영웅이 결정을 내렸다. 그는 최성재에게 전화를 걸었다.

—여보세요.

"저 영웅입니다. 계약금이나 옵션에 큰 차이가 없다면 클리블랜드로 가겠습니다."

—알겠습니다. 그럼 클리블랜드와 본격적인 협상을 진행하겠습니다. 다른 구단들에도 언질을 주어 더 좋은 조건이 나오면 바로 말씀드리겠습니다.

"예, 잘 부탁드립니다."

7월. 클리블랜드 인디언스와의 계약은 발 빠르게 진행됐다.

최성재는 직접 미국에 가서 계약에 참여하는 열의를 보였다. 인디언스 구단 역시 단장이 직접 계약 회의에 참가했다. 양측은 긴밀한 회의 끝에 최종안을 작성할 수 있었다.

최성재는 곧장 한국으로 귀국했다. 그리고 쉬지 않고 영웅을 만났다.

"계약금은 180만 달러, 계약 기간은 4년으로 합의했습니다. 구단에서 개인 통역을 붙여주기로 했습니다. 하지만 강영웅 선수가 영어가 가능하기에 이 부분에 들어갈 비용을 주택 지원 자금으로 전환했습니다."

그 외에도 다양한 혜택이 있었다. 세부적인 조건도 대단히 많았다. 조건들 중에는 한혜선이 알아들을 수 없는 단어도 많았다. 최성재는 한혜선을 배려하기 위해 쉬운 단어로 다시 한번 설명했다.

긴 시간 옵션에 대해 이야기한 최성재가 계약서 사본을 내밀었다.

"인디언스 측에서 받은 계약서 사본입니다. 검토를 해봤지만 이상한 부분은 없었습니다. 한번 체크해 보세요."

사본은 두 장이었다. 한 장은 영어로 되어 있었고 다른 하나는 한글로 되어 있었다. 작은 배려였지만 지나칠 수 있는 부분이었다.

덕분에 한혜선도 계약서의 내용을 확인할 수 있었다. 어려운 용어가 잔뜩 있었지만 열심히 읽었다. 반복해서 읽는 그녀의 모습에서 영웅에 대한 사랑이 느껴졌다.

영웅도 영어로 된 계약서를 확인했다. 내용에 대해 이상한 부분은 없었다. 신중하게 다시 한번 확인했다.

긴 시간이 흘렀지만 최성재는 재촉을 하지 않았다. 오히려 한혜선이 어려워하는 단어를 쉽게 풀어주며 설명해 주었다.

'좋은 사람을 만났어.'

그 모습을 보는 영웅의 마음속에 최성재에 대한 신뢰가 두터워졌다.

"이상한 부분은 없는 거 같네요. 엄마는 어때?"

"응, 괜찮은 거 같네. 최 과장님, 우리 영웅이 잘 부탁드릴

게요."

"예, 걱정 마십시오."

"최 과장님, 이대로 진행해 주시면 될 거 같습니다."

"알겠습니다. 그럼 인디언스에 그렇게 회신하도록 하겠습니다. 조만간 미국에 건너가 메디컬 테스트를 진행하게 될겁니다."

"예."

영웅은 비행기를 타고 클리블랜드로 향했다. 메디컬 테스트를 받기 위해서.

클리블랜드의 구장인 프로그레시브 필드에 도착하자 그를 마중 나온 구단 관계자들이 보였다.

"반갑습니다. 조시 레이널드입니다."

"강영웅입니다."

조시 레이널드.

현 인디언스의 단장이다. 젊은 나이지만 유능하다고 평가받고 있다.

현재는 팀 리빌딩에 주력을 하고 있었다. 그 일환으로 외국의 유망주들을 공격적으로 영입했다.

관계자들의 안내를 받으며 구장을 둘러봤다. 구장에 들어가기 전 향한 곳은 동상이 있는 곳이었다.

그곳에 도착한 영웅의 눈이 커졌다.

"밥 펠러……."

"오, 아시는군요? 하긴 유명한 분이셨죠."

동상의 주인공은 클리블랜드 인디언스의 전설인 밥 펠러였다. 그의 특징적인 투구 폼을 잘 살리고 있었다. 조시 레이널드가 옆에서 펠러에 대해 설명을 해주었다. 귀에 들어오진 않았다. 그저 자신에게 투구를 가르쳐 주던 펠러의 얼굴이 떠오를 뿐이었다.

"자, 이제 구장 안으로 들어가 보시죠."

한국에서 야구를 할 때는 고등학교 야구장밖에 보지 못했던 영웅으로서는 신세계였다. 그러면서도 뭔가 익숙한 기분이 들었다.

'그리고 보니 꿈의 그라운드와 비슷하다.'

완전히 똑같은 건 아니었다. 하지만 눈에 낯익은 부분이 분명 있었다.

"메디컬 테스트는 내일 진행할 예정입니다. 그러니 오늘은 푹 쉬시길 바랍니다."

간단한 인사를 끝내고 조시 레이널드와 헤어졌다.

구장을 나와 호텔로 돌아갔다.

"메디컬 테스트는 크게 걱정하지 않으셔도 됩니다. 이미 한국에서 검사를 했을 때 문제없이 나왔으니까요."

"예."

영웅은 한국을 떠나기 전 검진을 받았다. 만에 하나를 위해서다.

결과는 퍼펙트 했다. 부상 부위는 찾을 수 없었다. 그것을 다시 한번 상기시킴으로써 혹시나 잠을 설칠 수도 있는 영웅을 안심시킨 것이다.

덕분에 영웅은 편하게 잠에 들 수 있었다.

예상대로 메디컬 테스트는 순조롭게 통과했다. 아니, 그보다 더 좋은 결과가 나왔다.

"이건 고교 수준의 신체가 아닌데?"

"전체적인 근력은 물론이거니와 유연성 역시 대단히 좋습니다."

테스트를 진행할수록 클리블랜드 관계자들은 탄성을 자아냈다. 그리고 그들은 확신할 수 있었다. 자신들의 판단이 맞았음을 말이다.

그 모습을 지켜보는 최성재의 입가에 미소가 그려졌다.

'나 역시 처음 볼 때는 경악을 금치 못했지.'

그들의 마음을 알기에 지을 수 있는 미소였다.

잠시 후.

테스트가 끝나고 영웅은 단장실에서 면담을 가졌다.

"테스트의 정확한 결과는 며칠 뒤에 나올 겁니다. 별문제가 없다면 스카우트 총괄이 한국을 방문 직접 계약을 할 예정입니다."

"알겠습니다."

"기자 회견은 한국에서 한 번, 그리고 미국에 건너오실 때

한 번 하고 싶은데 괜찮으십니까?"

두 번의 기자 회견은 이례적인 것이었다. 구단이 영웅에게 거는 기대가 어느 정도인지 알 수 있었다.

영웅은 한국으로 돌아왔다. 3박 4일간의 짧은 일정 덕에 몸이 녹초가 됐다. 그건 한혜선 역시 마찬가지였다.

"미국이 멀다 멀다 했지만 이렇게까지 힘들 줄은 몰랐네."

편한 좌석도 이렇게 지친데 이코노미면 얼마나 힘들까? 어쨌든 큰 산을 하나 넘었다는 것에 위안을 삼았다.

며칠 뒤. 최성재에게서 연락이 왔다.

-메디컬 테스트에서 별 다른 문제가 발견되지 않았습니다. 조만간 계약을 위해 클리블랜드에서 스카우트 총괄이 한국에 들어올 예정입니다.

마지막 고비를 넘었다. 이제 남은 건 사인을 하고 미국에 건너가는 것이다.

정식 계약을 위해 며칠 뒤 미국에서 인터내셔널 스카우트 총괄이 입국했다. 영웅은 한혜선과 최성재 두 사람과 함께 그를 만났다.

간단한 인사와 대화가 이어졌다. 그리고 부드럽게 계약 이야기로 넘어갔다.

"계약서입니다. 최종 확인하시죠."

계약서를 받아 든 최성재가 꼼꼼히 내용을 확인했다. 그 뒤 영웅에게 계약서를 건넸고 한혜선에게는 말로 설명을 해주었다.

"최종 계약서와 변한 부분은 없습니다."

마지막으로 확인을 받았다. 한혜선이 영웅을 쳐다봤다.

"먼저 하세요."

"응."

펜을 들고 최성재가 가리키는 곳에 사인을 했다. 그 뒤 계약서가 영웅의 앞에 놓였다.

"이곳에 하시면 됩니다."

정말 최후의 순간이었다. 여기에 사인을 하게 되면 영웅은 첫 번째 소원을 이루게 된다.

'엄마와 누나, 그리고 내가 화목하게 살 수 있는 집을 가지고 싶다.'

그 꿈은 엉뚱하게 야구로 이어졌다. 지금 생각하면 어떻게 그런 생각을 했을까 웃음이 나왔다.

탁-!

서명란에 펜을 올렸다.

'야구를 하면 돈을 많이 벌 수 있구나'

목표를 이루게 된다. 하지만 어느새 그의 마음속에는 또 다른 목표가 자리를 잡고 있었다.

'이건 명예의 전당에 가기 위한 첫 걸음이다.'

쓰슥-!

펜이 서명란 위를 물 흐르듯 지나갔다.

탁-!

사인을 끝내고 펜을 내려놓았다.

"인디언스에 오신 걸 환영합니다."

스카우트 총괄이 손을 내밀었다. 영웅도 그의 손을 맞잡았다.

정식으로 인디언스와 계약을 맺은 것이다.

시간은 빠르게 흘렀다. 공식 기자 회견이 끝난 뒤로 영웅은 내년 시즌 준비에 몰두했다. 체력 훈련에 중점을 둔 상태에서 약간의 웨이트를 포함시켰다. 거기에 또 하나, 공인구 적응 훈련도 시작했다.

"한국에서 쓰던 공과 메이저리그 공인구의 차이는 심합니다. 오히려 잘 맞는 투수도 있지만 대부분 그 차이에 어색해하니 미리 준비하는 게 좋습니다."

최성재가 공인구를 가져다 주면서 한 말이었다.

영웅은 처음 잭에게 배웠던 감각 연습을 다시 복습했다.

그렇게 연말이 다가왔다.

'이대로 꿈의 그라운드에 못 가는 건가?'

올해를 끝으로 꿈의 그라운드와 이별이다. 그건 받아들였다. 하지만 제대로 된 작별인사도 못 한다는 건 아쉬웠다.

"하아……."

한숨이 늘어났다.

짝-!

그때 등짝 스매시가 날아왔다. 따끔함에 고개를 돌리니 숙녀가 되어 있는 수정이 서 있었다.

"사내놈이 뭘 그렇게 한숨이야?!"

"아씨……. 누나 손 겁나 맵다고!"

"얌마! 연약한 내가 때려봤자 얼마나 아프다고 엄살이야!"

"어휴……."

영웅은 한숨을 쉬며 고개를 돌려 버렸다. 날카로워진 신경 탓에 더 이상 말다툼도 하기 싫었다. 그런 동생의 모습에 수정은 의아함을 감추지 못했다.

'정말 이상하네…….'

연말 파티에서도 영웅은 별다른 말이 없었다. 여전히 무거운 표정이었다.

"피곤해서 먼저 들어갈게요."

식사를 끝내고 영웅이 자리에서 일어났다.

"타종 행사 안 봐?"

"됐어."

영웅이 그대로 방으로 들어갔다.

그 모습을 보던 수정이 한혜선에게 조심스레 말했다.

"엄마, 영웅이 좀 이상하지 않아?"

"그러게. 며칠 전부터 영 기운이 없네."

"혹시 미국에 가기 싫어진 걸까?"

"에이, 설마……."

그리 말하면서도 한혜선의 시선이 방으로 향했다. 그녀의 눈빛에는 걱정이 가득했다.

한편, 방에 들어간 영웅은 자리에 누워 눈을 감았다. 만날 수 있다면 오늘이 마지막이다.

억지로라도 잠에 들어야 했다.

'제발 만날 수 있기를…….'

간절히 바라며 서서히 잠에 들었다.

새하얀 통로. 영웅은 그곳에 서 있었다.

"아!"

간절히 바라면 이루어진다 했던가. 기쁨을 뒤로하고 한달음에 통로를 달려갔다.

통로에서 벗어나는 순간, 그라운드가 눈앞에 펼쳐졌다.

레전드들이 그를 마중 나와 있었다. 중심에 서 있던 잭이 영웅에게 다가왔다.

"첫발을 내디뎠구나. 축하한다."

"잭……."

밥 펠러가 잭의 옆에 섰다.

"인디언스는 위대한 팀이다! 그러니 자부심을 가지고 던져라."

"펠러……."

"꼬맹이가 이제 나와 같은 가족이 됐군."

사이 영이 뒤를 이었다.

그 뒤로도 레전드들의 축하 인사가 이어졌다.

초등학교 3학년, 처음으로 꿈의 그라운드에 들어왔다. 이후 잭의 손에 이끌려 다른 레전드들과 만나게 됐다.

근 10년의 세월, 이들에게 야구를 배웠다.

그로 인해 새로운 삶을 꿈꿀 수 있었다. 친구이자 동료, 그리고 스승이자 아버지와 같던 사람들이다.

영웅이 허리를 숙였다.

"많은 것을 알려주셔서 감사합니다!"

레전드들이 미소를 지었다.

잭이 영웅의 앞에 섰다. 영웅이 허리를 펴고 그를 바라봤다.

"너와 함께한 모든 날이 내겐 큰 의미를 지니고 있었다."

"잭……."

본능적으로 느껴졌다. 이제 정말 작별의 순간이 다가오고 있음을.

"애송이."

그때 무뚝뚝한 목소리가 들려왔다. 고개를 돌리자 타석에 서 있는 타이 콥이 보였다.

"마지막 승부다. 던져라."

그만의 이별 방식이었다. 잭이 미소를 지으며 허공에 손을 뻗었다. 그러자 빛이 모이더니 글러브가 나타났다.

"생전 내가 쓰던 놈이다."

글러브는 투박했다. 세월이 흐른 만큼 글러브 역시 많은 발전을 이루었다. 한 가지 특이한 점은 검지가 들어갈 자리가 흰색으로 칠해져 있다는 것이었다.

영웅은 글러브를 받아 들었다. 그리고 마운드에 올랐다.

선수들은 그 모습을 진지한 얼굴로 지켜봤다.

마지막 대결.

하지만 타이 콥의 눈빛은 매서웠다. 절대 봐주지 않겠다는 게 느껴졌다.

'최선을 다하자.'

처음 이들을 만났을 때 어떤 사람인지 몰랐다. 그저 야구를 잘하는 사람들인 줄로만 알았다.

무식하면 용감하다.

그 말이 딱 어울렸다.

시간이 흐르면서 이들을 알게 됐다. 야구의 역사에 어떤 영향력을 끼쳤는지 어떤 성적을 남겼는지 말이다.

'이들에게서 야구를 배운 난 행운아다.'

좌앗—!

영웅이 와인드업을 했다. 상체를 비틀면서 등번호가 타석에서 훤히 보일 정도였다. 그에게 처음 공을 던지는 걸 알려준 사람. 잭의 투구 폼이었다.

타닥—!

"하앗—!"

쐐애애애액-!

공이 맹렬한 속도로 날아갔다.

"흡-!"

타이 콥의 배트가 날카롭게 돌아갔다. 홈플레이트 앞에 도달한 공의 궤적을 향하고 있었다.

후웅-!

펑-!

배트가 허공을 갈랐다.

"라이징……!"

타이 콥의 얼굴이 일그러졌다. 예전보다 한층 더 강한 회전이 걸려 있었다. 덕분에 예상 궤적을 맞히지 못했다.

잭이 다시 던진 공을 받은 영웅이 2구를 준비했다.

'펠러가 알려준 슬라이더.'

인디언스의 전설. 최초의 백 마일 투수라는 이야기가 있지만 그는 전쟁 이후 강속구를 잃어버렸다. 그리고 찾은 게 슬라이더였다.

그 슬라이더가 영웅의 손에서 재현됐다.

"차앗-!"

쐐애애애액-!

직구처럼 날아가던 공의 궤적이 꺾이면서 밑으로 떨어졌다. 하지만 타이 콥은 꿈쩍도 하지 않았다.

야구 역사상 가장 뛰어난 타자로 불리는 그다. 쉽게 당할리가 없었다.

영웅은 자신이 배운 모든 것을 토해냈다.

3구, 4구, 그리고 5구.

마지막 승부는 쉽게 나지 않았다. 과거처럼 허무한 승부가 나지 않자 레전드들 역시 흥미진진한 표정으로 지켜봤다.

볼 카운트는 3볼 2스트라이크.

투수도, 그리고 타자도 도망칠 곳이 없었다.

"후우……."

영웅이 심호흡을 했다. 그때 잭이 사인을 냈다.

'가장 자신 있는 공을 던져라.'

영웅이 고개를 끄덕였다. 처음으로 콥에게서 스트라이크를 뺏어냈던 때가 떠올랐다. 잭에게서 처음 배웠던 거다.

포심 패스트볼.

영웅이 다리를 내디뎠다. 도가 나오든 모가 나오든 마지막 패는 던져졌다.

'감사합니다.'

허리가 회전했다.

'당신들이 있어 지금까지 올 수 있었습니다.'

상체가 돌아가면서 모든 힘이 어깨를 통해 팔로 이동했다.

'포기하지 않겠습니다.'

촤아앗-!

팔이 채찍처럼 허공을 때렸다.

'이곳에 다시 돌아올 때까지.'

"흐아아앗-!"

모든 힘을 쏟아부었다. 손을 떠난 공이 매섭게 회전했다. 그 순간 영웅의 몸이 하얗게 빛나기 시작했다. 그리고 먼지가 되어 서서히 흩어졌다. 멀어지는 시야 사이로 타이 콥의 배트가 돌아가는 게 보였다.

[뎅-! 뎅-! 뎅-!]

익숙한 소리가 들려왔다.

보신각의 타종 소리.

새해가 밝았다는 이야기다.

누운 채로 그 소리를 듣는 영웅의 눈가로 한 줄기 눈물이 흘러내렸다.

'꼭 돌아갈게요…….'

영웅은 눈물을 닦고 몸을 일으켰다. 그리고 방을 나섰다.

"어? 일어났어?!"

"응."

"아직 종 친다. 빨리 오렴!"

"네."

딸칵-!

문이 닫히고 방 안에 어둠이 내려앉았다.

9장
미국에 가다

　2월. 영웅은 애리조나행 비행기에 몸을 실었다.

　1년 사이 그의 외모는 많이 변해 있었다. 키는 195㎝가 됐고 몸무게 역시 90㎏에 달했다.

　웨이트도 열심히 했는지 몸집도 상당히 커졌다. 피부는 까무잡잡하게 탔고 정리되지 않은 짧은 수염은 어린 모습을 보이지 않게 했다.

　'두 번째 시즌이 되니 나름 익숙해지네.'

　영웅이 인디언스 스프링캠프에 참여하는 건 올해로 두 번째다. 첫 번째는 유망주 루키로 참가했다. 하지만 올 시즌은 달랐다. 영웅은 차근차근 자신의 능력을 보여주며 현재는 더블 A까지 올랐다.

　'올 시즌 최우선 목표는 트리플 A다. 그리고…….'

　영웅의 시선이 창밖을 주시했다. 어느덧 애리조나에 도착한 비행기가 도심 위를 날았다.

그 밑으로 익숙한 풍경이 보였다. 여러 그라운드가 모여 있는 곳. 바로 캠프장이 있는 굿이어 볼파크였다.

'메이저리그를 노린다.'

먹잇감을 바라보는 매처럼 경기장을 노려봤다.

공항에 내린 영웅은 렌트카를 이용 곧장 굿이어로 넘어갔다. 처음에는 네비게이션에 의지했지만 근처에 도착하자 작년의 기억이 떠올랐다. 덕분에 호텔까지 쉽게 찾을 수 있었다.

"헤이~ 강!"

차에서 내리자 한 남자가 다가왔다. 푸근한 인상의 중년 백인 남자였다.

"바비."

남자는 스프링캠프를 관리하는 일종의 매니저였다. 당연히 구단 직원이었다. 작년에도 바비의 도움을 많이 받았던 영웅이기에 그의 등장이 반가웠다.

"벌써 더블 A라면서?"

"어떻게 알았어요?"

"우리 팀의 최고 유망주의 소식인데 당연히 알고 있어야지!"

"하하, 기분 좋은 칭찬인데요?"

"괜히 하는 소리가 아니야. 자네의 더블 A 승급은 굉장히 빠른 속도로 이루어진 거야."

"베르토는 이미 트리플 A잖아요."

울리에스키 베르토.

작년에 같이 인디언스와 계약한 타자다. 영웅보다 2살이 많긴 하지만 그는 1년 만에 트리플 A로 승급했다.

그의 말에 바비가 웃었다.

"하하! 베르토는 도미니카에서 선수 생활을 했잖아. 도미니카는 메이저리그 구단의 시스템과 지원을 받아서 선수를 육성한다. 당연히 너보다 빠를 수밖에 없지."

처음 듣는 이야기였다.

"한국인 유망주들이 한국에 와서 마이너리그에 오래 있는 이유 중에 하나가 시스템이 완전히 다르기 때문이다. 그런 점에서 봤을 때 넌 매우 빠르게 승급하고 있는 거야."

어찌 보면 당연했다. 영웅이 배운 야구의 뿌리는 미국에 있었다. 미국의 레전드 플레이어들에게 배웠으니 말이다.

"어쨌든 올 캠프를 잘 치러서 메이저리그를 노려보라고."

툭—!

"고마워요."

바비에게 인사를 하고 영웅은 객실로 올라갔다.

짐을 풀고 곧장 휴식에 들어갔다.

'작년에는 캠프 초반부터 너무 힘을 뺐다.'

미국의 스프링캠프의 훈련은 전반적으로 느슨한 느낌이다. 단체 훈련은 오전이면 모든 일정이 종료된다. 이후에는 일정이 없으면 휴식으로 이어진다. 그때 개인 훈련을 하는 선수도 있지만 아예 쉬는 이들도 있었다. 단체 훈련만 놓고 봤을 때는 한국의 고교 야구가 더 힘들 정도였다.

'올해는 내 스타일대로 간다.'

첫 시작은 바로 휴식이었다.

같은 미국이라고는 하지만 클리블랜드와 애리조나는 정 반대에 위치해 있었다. 게다가 남부와 북부의 기후 차이도 있기에 몸이 적응할 시간을 주어야 했다.

'휴식도 훈련의 일환이다.'

영웅은 잭의 말을 떠올렸다. 그에게서 배웠던 수많은 훈련, 그리고 들었던 수많은 이야기. 그것들은 모두 영웅에게 소중한 재산이 됐다. 미국에 와서야 비로소 그 사실을 깨달 았다.

'내일 오전에 조깅으로 몸상태를 체크한다. 웨이트 트레이 닝은 모두 패스. 캠프가 시작되는 삼 일 전까지는 애리조나 의 기후에 적응한다.'

1년이란 시간. 영웅에게 약간의 프로페셔널함을 심기에는 충분한 시간이었다.

삼 일 뒤, 캠프의 첫 단체 훈련이 시작됐다. 영웅이 참가 한 이번 스프링캠프에는 두 개의 캠프가 열린다.

하나는 메이저캠프, 다른 한 곳은 마이너캠프였다.

작년 영웅은 마이너캠프에서 머물렀다. 하지만 올해는 달 랐다. 메이저캠프에서 시작을 하게 된 것이다.

'B그룹.'

메이저캠프라고 해서 하나의 캠프로 운영되지는 않았다. 때에 따라 다르긴 하지만 올 시즌은 두 개의 그룹으로 나뉘어 운영이 됐다.

A그룹은 메이저리거, B그룹은 트리플 A나 그곳에 오를 수 있는 마이너 선수가 대부분이었다.

오전 훈련이 시작됐다. 단체 러닝을 시작으로 전력질주 그리고 스트레칭이 이어졌다.

공을 처음 만지게 된 건 11시가 다 되어서였다.

"캐치볼을 시작한다."

코치의 말에 둘씩 짝을 이루어 공을 던졌다.

이후 빠르게 공을 던지며 어깨를 푼 뒤 번트 처리 연습, 견제구 연습이 이어졌다.

그리고 11시 50분이 되자 훈련이 모두 종료됐다.

"으아~ 배고파."

"어서 밥 먹으러 가자고."

메이저캠프라고 해도 다를 건 없었다. 작년에는 당황했지만 올해는 아니었다. 영웅도 동료들과 함께 식당으로 향했다.

스프링캠프에서의 식사는 대부분 뷔페식으로 차려진다. 마이너리그의 눈물 젖은 빵 이야기는 작년 정규 시즌이 이어지면서 잘 겪었던 영웅이다.

'작년과 비슷한 일정이라면 삼 일쯤 뒤에 불펜 투구를 하고 이후에는 자체 청백전이나 연습 경기를 하겠지?'

캠프에 참가했다고 모든 선수에게 기회가 돌아가진 않는

다. 확실히 무언가를 보여준 선수에게만 한 번이라도 더 기회가 돌아간다.

삼 일 뒤, 영웅이 처음으로 불펜에 섰다.

"강! 오늘은 30구만 던질 거야."

"예."

영웅은 대답을 하면서 발을 내딛는 곳의 마운드를 다졌다. 딱딱함이 그대로 느껴졌다.

'작년에는 이것 때문에 고생 좀 했다.'

미국과 한국의 마운드는 다르다. 한국보다 미국이 훨씬 더 딱딱했다. 덕분에 발을 내딛는 감각이 달라 제구에 애를 먹었다. 하지만 작년의 경험 덕분에 이제는 익숙해진 상황이었다.

충분히 준비를 끝낸 영웅이 플레이트를 밟았다.

"첫 투구니까 스트레이트로만 가자고!"

코치의 말에 고개를 끄덕였다.

영웅이 와인드업을 했다. 특유의 상체 비트는 투구 폼이 나왔다. 비틀림을 풀면서 있는 힘껏 공을 뿌렸다.

쐐애애액–!

뻐엉–!

굉장한 소리가 났다.

"오우!"

"대단한데?"

"폭탄이 터지는 것 같군."

주변에 있던 동료 투수들마저 감탄을 금치 못했다. 초구부터 시선을 확 사로잡은 것이다.

투수 코치 역시 다소 놀란 눈으로 옆 직원의 손에 들린 스피드건을 확인했다.

'94마일? 더 빨라 보였는데.'

그사이 영웅이 다시 공을 던졌다.

뻐엉-!

'확실히 구속보다 더 빠르게 느껴진다. 무엇보다 홈플레이트 앞에서 일어나는 무브먼트가 무척 좋아.'

영웅은 30구를 쉬지 않고 던졌다. 점점 구속이 빨라지면서 평균 구속을 95마일을 찍었다. 무엇보다 인상적이었던 건 25번째 공이었다.

"흡!"

쐐애애액-!

빨랫줄처럼 날아가던 공이 마지막 순간에 떠오르는 듯한 움직임을 보였다.

'라이징!'

뻐엉-!

스피드건에 97마일이 찍힌 공이었다. 무엇보다 무브먼트가 라이징성으로 나타났다.

'어마어마하군.'

투수 코치의 시선이 벤치에 앉아 물을 마시는 영웅에게 향했다.

'올 시즌에 사고 좀 치겠는데?'

코치 하파엘은 작년 시즌 마이너리그 캠프에서 코치 생활을 했다. 그곳에서 영웅의 첫 캠프를 볼 수 있었다. 너무 힘이 들어간 모습이었다. 첫날부터 무리해 개인 훈련을 하면서 오버 페이스가 일어났다.

투수는 매우 민감하다. 하나의 흐름이 깨지는 것만으로 투구 밸런스가 무너질 수도 있었다.

덕분에 영웅의 작년 이맘때의 최고 구속은 90마일이 채 되지 못했다.

'6월부터는 본격적인 구속이 나오면서 더블 A까지 빠르게 올라갔다고는 들었는데, 설마 이 정도일 줄이야.'

예상을 훨씬 벗어나는 영웅의 피칭에 하파엘의 시선이 그에게서 떠나지 못했다.

캠프가 시작되고 일주일이 지났다. 그사이 보이던 얼굴 몇몇이 사라졌다.

'벌써 사라지는 녀석들이 보이는군.'

납치를 당하는 건 아니다. 그저 짐을 챙겨 마이너리그 캠프로 강등이 된 것이다.

'나는 그렇게 되지 않겠어.'

더욱 긴장감을 끌어올렸다. 오늘은 캠프에 있어 특별한 날이다. 첫 연습 경기가 열리기 때문이다.

오늘 연습 경기는 인근에서 캠프를 진행 중인 마이너리그

팀인 테네시 스모키즈와 붙게 됐다.

스모키즈는 시카고 컵스 산하 더블 A팀이다.

"강! 오늘 3번째 투수로 나갈 테니 미리 몸 풀어둬."

"예."

3번째라면 순서는 빨리 온다. 연습 경기이니만큼 선발이라고 해도 긴 이닝을 던지지 않는다. 길어야 2이닝 정도다.

어깨를 풀고 나자 경기가 한창이었다.

경기는 어느덧 2회가 끝났다. 양쪽 투수들이 3개의 안타를 맞았지만 점수는 나지 않았다.

양 팀은 약속이라도 한 듯 3회부터 투수를 변경했다. 투수 코치 하파엘이 영웅을 바라봤다.

"다음 이닝에 나갈 거야. 투구 수는 맥시멈 20개. 그걸로 이닝을 알아서 잡아봐."

"예."

20개의 투구 수. 때로는 2이닝을 막을 수도 있는 투구 수다. 하지만 2타자 만에 20개의 공을 모두 던질 수도 있었다.

'새로운 이닝에 나가는 거니 위기관리 능력을 보는 건 아니다. 그렇다면 내가 어떤 유형의 투수인지 보겠다는 거군.'

현장의 지도자들은 데이터를 맹신하지 않는다. 데이터와 눈으로 보는 것. 두 가지 모두를 한 뒤에야 선수를 판단했다.

'그렇다면 자신 있는 걸로 간다.'

영웅이 다짐을 하며 자신의 차례를 기다렸다.

인디언스의 투수가 점수를 내주고 말았다. 연속 안타를 맞은 탓이다. 그래도 교체는 되진 않았다. 오늘 경기는 말 그대로 연습 경기였으니 말이다. 하지만 이런 부분 하나하나가 체크를 당한다.

그걸 알기에 벤치에 돌아오는 투수의 낯빛이 어두웠다.

공격은 일찌감치 끝났다. 영웅이 마운드로 걸어갔다. 투수 코치도 동행했다.

"연습 경기니 수비는 크게 신경 쓰지 않아도 좋다. 또한 부상 조심하고, 언제든지 이상이 생기면 말해."

"알겠습니다."

"좋아. 연습 투구를 시작하자고."

영웅이 공을 던지기 시작했다.

뻐엉-!

뻥-!

그의 공이 미트에 박힐 때마다 굉장한 소리가 났다. 시선이 집중되는 건 당연했다.

"연습 투구부터 너무 심하게 던지는데?"

"그러게 말이야."

영웅에 대해 모르는 상대 팀의 몇몇 선수는 비웃음을 지었다.

연습 투구가 끝났다. 첫 번째 타자가 타석에 들어섰다.

"플레이볼!"

구심의 외침과 함께 경기가 시작됐다. 영웅은 상체를 숙여 포수의 사인을 확인했다.

동시에 타자를 체크했다.

'호리호리한 체격, 두 번째 타석이다. 첫 번째 타석에서는

공을 밀어쳐서 좌중간으로 좋은 타구를 날렸다.'

그의 머릿속에 여러 정보가 수집됐다. 영웅은 그것을 정리하며 포수의 사인을 받았다. 상체를 들고 피처 플레이트를 밟았다.

준비는 끝났다.

"후우……."

깊게 호흡을 뱉으며 마음을 진정시켰다.

'이전까지 투수들의 평균 구속은 93마일, 타자들의 배팅 스피드나 눈 역시 거기에 맞춰져 있다.'

그렇다면 답은 하나다.

'더 빠른 공을 던진다.'

좌앗-!

영웅이 킥킹을 했다. 동시에 상체를 비틀었다.

"어?"

"뭐야? 저런 식으로 던지는 거야?"

전력투구를 할 때 나오는 폼이었다. 당연히 연습 투구와는 다를 수밖에 없었다.

비튼 상체를 풀면서 회전력을 더했다. 그 힘을 모두 모아 손끝에 집중시켰다.

"차앗-!"

쐐애애애액-!

뻐엉-!

"스…… 스트라이크!"

구심의 손이 올라갔다. 타자의 얼굴에는 당황한 기색이 역력했다.

'뭐…… 뭐가 이렇게 빨라?'

"어이, 농담이지?"

"저런 공을 던지는 놈이 왜 마이너 그룹에 있는 거야?"

벤치의 선수들도 당황했다. 방금 전 공의 구속을 확인했기 때문이다.

전광판에 찍힌 숫자는 97마일이었다.

"불펜보다는 확실히 더 빠르군. 작년에는 95마일이 찍혔었나?"

"예, 최고 구속은 97마일이 찍히기도 했습니다. 들리는 바에 따르면 시즌 오프 이후 웨이트에 집중했다고 하더군요."

"잘됐나 보군."

"예."

웨이트는 양날의 검이다. 특히 20대 초반이라면 더더욱 그렇다.

성장을 하는 시기에 무리한 압박을 가하게 되면 몸에 무리가 갈 수 있다. 그래서 메이저리그에서는 어린 선수에게 과한 웨이트를 시키지 않았다.

하지만 영웅은 자신만의 웨이트 방법이 있었다. 겨울 동안 그 방법을 이용 몸을 불리는 데 성공했다.

뻐엉-!

"스트라이크!"

"브레이킹볼이 꺾이는 각도가 예술이군."

"파워 커브처럼 꺾이지만 슬라이더 그립을 잡는다고 하더군요."

공의 변화는 그립도 중요하지만 손목의 변화 손가락의 길이, 힘의 조절 등 여러 이유로 바뀐다. 같은 그립에서 다른 변화가 일어나는 이유였다.

뻐엉-!

"스트라이크! 배터 아웃!"

세 번째 공은 다시 한번 패스트볼을 던졌다. 이번에도 타자의 배트가 돌았지만 형편없이 허공을 갈랐다.

"98마일의 라이징 패스트볼이라."

"작년 최고 구속을 갱신했군요."

"날이 지금보다 따뜻해지면 100마일도 찍을 수 있겠군."

3개의 공에 영웅은 사람들의 시선을 집중시켰다.

두 번째 타자가 타석에 들어섰다. 영웅은 초구로 체인지업을 선택했다.

빠른 공을 본 상황에서 들어온 체인지업에 타자가 타이밍을 뺏겼다.

딱-!

"퍼스트!"

빗맞은 타구가 1, 2루 간으로 향했다. 2루수가 잡기에는 느리고 투수가 잡기에는 빨랐다.

영웅은 곧장 베이스로 전력질주 했다. 굉장한 속도였다. 타자가 2/3쯤 왔을 때 영웅은 베이스를 한 발자국 남겨두고 있었다.

"헤이!"

1루수가 공을 토스했다.

퍽―!

가볍게 포구한 영웅이 베이스를 밟았다.

"아웃!"

그 모습을 지켜보는 감독과 코치들의 눈에 이채가 어렸다.

"베이스 커버가 빠르군."

"전체적인 신체 능력이 매우 좋습니다."

"호흡도 잘 맞았습니다. 1루수를 믿고 곧장 베이스로 달려 갔어요."

수비 코치도 의견을 보탰다.

'잘하면 올해 콜업이 될 수도 있겠는걸.'

작년 영웅은 하위 마이너리그에 있었다. 그곳에서 미국 야구에 대해서 배웠다.

야구는 단순히 던지고 치고 달리고 잡는 스포츠가 아니다. 그 사이에 여러 작전이 있었다.

다른 문화권에서 온 선수들은 그것들을 먼저 배운다. 또한 문화권이 다르기 때문에 그에 대한 교육도 받는다.

사실 2012년부터 신인이 데뷔 첫해 빅 리그에 오르는 일이 사라졌다. 확신을 주지 못한 유망주를 굳이 메이저리그에 콜업 할 이유가 없어진 것이다. 무엇보다 서비스 타임을 낭비할 이유가 없었다.

뻐엉―!

"스트라이크! 배터 아웃!"

"오오! 또 삼구삼진이야!"

"세 타자를 공 7개로 처리를 하다니."

"대단한데?"

영웅이 가볍게 세 타자를 돌려세웠다. 무엇보다 마지막 세 개의 공은 인상적이었다.

포심, 포심, 그리고 포심.

하지만 무브먼트는 모두 다르게 들어갔다.

스트레이트로 들어가는 것도 있었고 테일링의 움직임을 보이는 것도 있었다.

'무력시위나 다름없군.'

감독의 시선이 옆으로 향했다. 그곳에는 백발의 사내가 의자에 앉아 수첩에 무언가를 적고 있었다.

시선은 날카롭게 영웅에게 고정되어 있었다.

남자의 이름은 테즈, 인디언스의 팜 디렉터였다. 팜 디렉터가 하는 일은 간단하다. 선수를 지켜보다 밑으로 내려 보낼지 아니면 위로 올려 보낼지 결정짓는 일을 한다.

'세 타자를 상대하는 모습이 인상적이군.'

테즈의 시선이 영웅에게 고정됐다.

'첫 번째 타자는 포심 패스트볼의 압도적인 구속, 그리고 고속 브레이킹볼을 이용해 요리했다. 단순히 첫 타자를 상대한 것만이 아니라 두 번째 타자의 머리에도 그 공들을 인식하게 만들었지.'

다른 공에 비해 빠른 공이 주는 인상은 강하다. 박자를 맞추는 대기 타석의 타자에게는 더더욱 그렇다.

'타자는 당연히 빠른 공을 기다리고 있었다. 그 허를 찔러

체인지업을 던졌지. 포수의 포심 요구를 거절하고 말이지.'

두 번째 타자를 맞이하면서 영웅은 포수의 사인을 두 번 거절했다.

'자신만의 커맨드가 잡혀 있나 보군.'

세 번째 타자를 상대할 때는 인상 깊었다. 포심 세 개를 던졌는데 모두 다른 무브먼트를 보여주었다.

'확신을 주겠다 이건가?'

붙박이 메이저리거를 제외한 선수들에게 스프링캠프란 절벽과 같았다. 이곳에서 밀리면 다시 마이너리그부터 올라와야 된다. 연습 경기에서도 선수들이 목숨을 거는 이유였다.

'재미있군.'

그리고 선수들의 목숨을 잡고 있는 게 바로 테즈였다.

그는 영웅을 체크하며 경기에 집중했다.

영웅에게 주어진 공은 20개였다. 그중에 7개를 던졌다. 남은 건 13개의 공.

한 이닝을 끝내기에는 부족할 수도 있는 공이었다. 하지만 영웅은 자신 있었다.

'다음 이닝도 10개 이내로 끝낸다.'

그의 눈이 먹잇감을 노리듯 마운드를 주시했다.

딱-!

평범한 플라이로 쓰리아웃이 잡혔다.

영웅이 다시 마운드에 섰다. 타석에 들어서는 타자의 얼굴에 긴장감이 보였다.

"플레이볼!"

구심이 경기를 속행했다.

포수의 사인을 확인한 영웅이 피처 플레이트에 발을 올리고 와인드업을 했다. 특유의 비트는 투구 폼에서 공을 뿌렸다.

"차앗-!

쐐애애애액-!

"흡!"

타자의 배트가 일찌감치 돌았다. 전 이닝에서 빠른 공을 던진다는 걸 깨달았다. 그에 따른 반응이었다. 하지만 배트는 공의 밑을 지나갔다.

후웅-!

뻐엉-!

"스트라이크!"

'공이…… 떠올랐어……!'

타자의 눈이 부릅떠졌다. 라이징성 패스트볼이었다.

공이 뜨는 게 아닌 다른 패스트볼보다 덜 가라앉는 공이 라이징 패스트볼이다. 하지만 타자의 입장에선 공이 떠오르는 것처럼 보인다. 사람의 눈은 좌우의 변화는 잘 감지하지만 상하의 변화에는 둔하기 때문이다.

그로 인해 한때 라이징 패스트볼은 떠오르는 공으로 오해를 받기도 했었다.

다시 공을 받은 영웅이 2구를 뿌렸다.

"차앗-!"

'몸 쪽!'

이번에는 몸 쪽으로 파고드는 공이었다. 공의 회전 역시 역회전이었다. 포심 패스트볼이란 소리다. 오늘 구심은 몸 쪽 공에 관대하지 않았다. 이대로면 볼을 얻을 수 있다. 판단을 내린 투수가 꿈쩍도 하지 않았다.

그 순간, 공이 흔들리는가 싶더니 횡으로 이동했다.

펀—!

"스트라이크! 투!"

구심의 손이 또다시 올라갔다.

'무슨 무브먼트가…….'

마치 투심처럼 휘었다.

'투심이었나?'

그런 의문마저 들었다. 자신의 눈으로 실밥의 회전을 봤는데도 말이다.

'제길…….!'

머리가 혼란스러워졌다. 타석에서 물러나 가볍게 배트를 돌렸다. 그리고 다시 타석에 섰다.

'두 개나 빠른 공이 왔다. 그렇다면 이번에는…….'

그때였다. 영웅이 바로 와인드업을 했다.

'벌써?!'

매우 빠른 템포였다. 아직 마음도 정하지 못했다. 그런 상황에서 영웅이 공을 뿌렸다.

쐐애애애애액—!

'이번에도 빠른 공!'

놀란 타자가 급하게 배트를 돌렸다. 어정쩡한 스윙이 나왔다.

뻐엉-!

"스트라이크! 아웃!"

그런 스윙으로 영웅의 공을 맞히는 건 불가능했다.

"4타자를 상대하는 데 고작 10개의 공이라."

비록 더블 A팀을 상대로 한다지만 경이로운 수준이었다. 다음 타자, 그리고 그다음 타자까지. 영웅은 모두 삼진으로 돌려세웠다.

뻐엉-!

"스트라이크! 아웃!"

영웅이 동료들과 글러브 터치를 하며 더그아웃으로 돌아왔다.

단 2이닝에 보여준 그의 임팩트는 강렬했다. 하지만 본인의 목표대로 되진 않았다.

'총 투구 수 18개⋯⋯.'

두 번째 이닝에서 몇 개의 공이 손에서 빠졌다.

덕분에 투구 수가 늘어났다.

'여기까진가?'

예상대로 투수 코치가 다가왔다.

"고생했어. 오늘은 이제 쉬어도 돼."

"알겠습니다."

20개에는 2개가 부족한 상황. 하지만 굳이 무리를 시키진 않았다.

영웅도 순순히 받아들였다.

어차피 보여주고 싶었던 건 모두 보여주었기 때문이다.

'연습 경기는 앞으로도 이어지니까.'

시범 경기까지 앞으로 보름 정도 남았다.

그때까지 캠프에서 연습경기는 하루가 멀다 하고 열릴 것이다.

'다음번에도 보여주겠어.'

자신의 가치를 말이다.

훈련이 끝났다.

팜 디렉터 테즈는 호텔에 들어섰다. 그는 자신의 방이 아닌 같은 층에 있는 감독의 방으로 향했다.

노크를 한 뒤 문을 열었다. 익숙한 얼굴의 흑인 사내가 그를 반겼다.

"테즈, 왔는가?"

"보고할 내용이 있는데 괜찮습니까?"

"물론이지."

남자의 이름은 딘 오커닐. 현 인디언스의 감독이었다.

자리에 앉자 테즈는 바로 본론을 꺼냈다.

"현재 마이너 캠프에 있는 강영웅에 대한 내용입니다."

"작년에 계약을 했었지?"

"예, 더블 A까지 승급을 했습니다."

"빠르군."

"팀의 작전에 대한 기본적인 부분은 숙지했을 것으로 봅니다. 마이너리그 관계자들한테 들으니 동료들과도 잘 어울린다 하더군요. 언어적인 문제도 없고요."

"음, 나도 들었네."

"그리고 이건 오늘 경기 영상입니다."

원래라면 주말에 열리는 종합 회의에서 보고할 부분이다. 하지만 테즈는 그때까지 참지 못했다.

평소 그의 성격을 잘 아는 오커닐 감독이기에 흥미로운 시선으로 태블릿을 주시했다.

"굉장하군!"

동영상을 모두 본 오커닐 감독이 감탄을 터뜨렸다. 동영상에는 영웅의 피칭 모습이 담겨 있었다.

"이 정도라면 메이저리그 콜업을 시켜도 되겠어."

"단장 쪽에서 허락을 할까요?"

테즈의 말에 오커닐 감독이 턱수염을 만졌다.

한국 야구와 달리 메이저리그는 단장이 선수 명단을 관리한다. 감독도 발언권이 있지만 최종 결정권자는 단장이었다.

"신중하겠지."

마이너리그 선수와 메이저 계약을 맺는 건 어느 구단이든 신중했다. 메이저 계약을 맺는 순간 그 선수를 다시 마이너리그에 내려 보내는 건 쉬운 일이 아니기 때문이다.

한국의 2군 강등과 달리 메이저리그에서는 선수를 마이너로 보내기 위해선 마이너리그 옵션이란 걸 사용해야 한다.

서비스 타임 5년간 3번을 쓸 수 있기 때문에 신중하게 접근을 해야 했다. 만약 옵션을 다 사용한 선수를 내리기 위해서는 DFA(지명 할당)를 해야 한다.

영웅은 인디언스에서도 기대하는 유망주다. 그렇기에 더더욱 조심스럽게 접근할 것이다.

하지만 실력이 있는 선수라면 메이저리그에 선보여야 된다는 게 오커닐 감독의 생각이다.

"일단 마이너 그룹에서 제외시키고 메이저 그룹으로 옮기게 해."

"알겠습니다."

메이저 그룹에는 두 분류의 선수가 있다. 메이저리그에 붙박이로 있는 주전 선수들, 그리고 메이저리그 로스터에 들기 위해 경쟁을 하는 선수들이다. 당연히 이때부터는 연습 상대도 달라진다. 대부분 트리플 A에 속한 팀들과 연습 경기를 진행했다.

"헤이, 강! 다음 이닝 준비해."

"예."

영웅이 글러브를 들고 불펜으로 향했다.

'오늘은 관중이 많네.'

스프링캠프는 또 하나의 볼거리다. 그렇기에 많은 관중이 찾는다. 그들 중에는 기자들도 있었다.

'그러고 보니 인터뷰 한 게 언제였지.'

작년 한국을 떠날 때 3개의 언론과 인터뷰를 했다. 그 뒤로는 소식이 없었다. 당연한 일이었다.

고졸 신인이 하위 마이너리그에서만 머물렀다. 관심 밖이 되는 게 당연했다.

인터뷰를 하지 못하는 게 아쉽진 않았다. 한 가지 마음에 걸리는 건 어머니였다.

'인터뷰 기사를 모으시는 게 취미셨는데.'

메이저리그 진출이 결정됐을 때. 수많은 언론과 인터뷰와 사진 촬영을 했다. 어머니는 그걸 모두 모아 스크랩북을 만들었다. 새로 사드린 스마트폰으로 SNS에 자랑을 하는 일도 잦았다.

'좋은 성적을 내겠어.'

불펜에 도착한 영웅이 몸을 풀기 시작했다.

뻐엉-!

뻥-!

굉장한 소리가 연달아 울렸다. 그러자 주변 관중석에 있던 사람들이 하나둘 관심을 보였다.

to be continued

지갑송 퓨전 판타지 장편소설

레벨 업 하는 몬스터

[특성개화 100% 완료]

시스템 활성화
특성 개화로 인하여 종족 변경:
인간 ➡ 몬스터

인간과 몬스터가 공존하는 현대.
갑작스런 특성의 개화.
기사도 사냥꾼도 아닌 몬스터로 종족이 변했다!
더 이상 인간으로 생활이 불가능한 상황!

"도대체 뭘 어떻게 하면 되냐고!"

처절하게 레벨을 올려야
사람으로 살 수 있다!